Jeder Mensch, der uns interessant erscheint, hat eine Vergangenheit, die ihn zu dem gemacht hat, was er ist. Und so wird Alltägliches zu etwas Besonderem. Auf Regen folgt Sonnenschein und das Leben wird bunt. Die Geschichten von Iris Boden handeln von Menschen wie du und ich. Und dabei ist jeder Einzelne etwas ganz Besonderes.

Iris Boden wurde 1966 in Köln geboren. >Das Leben ist ein Regenbogen< ist ihr erstes Buch. Die Autorin lebt und schreibt in Dormagen.

http://irisboden.wordpress.com

Iris Boden

Das Leben ist ein Regenbogen

Kurzgeschichten

Bibliografische Informationen der Deutschen Bibliothek verzeichnet diese Publikation in der deutschen Nationalbibliografie; detaillierte bibliografische Daten sind im Internet über http://dnb.ddb.de abrufbar.

Impressum:
Copyright: 2014 by Iris Boden
Herstellung und Verlag:
BoD - Books on Demand, Norderstedt

ISBN: 9783735776105

INHALT

Esmeralda Eifersucht 7
Dankbar sollst du sein 11
Von Glatzen und Ohren 19
Edgars zweite große Liebe 23
Die Entscheidung 27
Psychiater sind auch nur Menschen 31
Der Mann vom Fach 39
Gertruds Gedanken 45
Alkohol 49
Du gehörst mir 61
Tauwetter 65
Hermanns letzte Reise 69
Brief in pink 77
Kleider machen Leute 83

Der Fahrscheinautomat	87
Das wilde Tier in ihm	91
Mord im Büro	95

Noch etwas Weihnachtliches:

Besinnliche Weihnacht	103
Der Weihnachtsjunkie	109

Danksagung	115

Esmeralda Eifersucht

Mein Name ist Eifersucht. Frau Esmeralda Eifersucht. Mein Beruf? Nun, ich gehöre zu dem engsten Stab von Herrn Beelzebub und habe die Aufgabe, Seelen zu fangen. Sie kennen mich nicht? Na, das kann ich mir gar nicht vorstellen. Auf der ganzen Welt bin ich bekannt; alle Menschen haben mich bereits das eine ohne andere Mal kennen gelernt. Aber heutzutage ist man ja international, vielleicht kennen Sie mich eher unter dem Namen Miss Jalousy? Na, fällt der Groschen?

Gut – kommen wir zu meiner Arbeit. Sie interessieren sich dafür? Sie wollen wissen, wie ich vorgehe? Ganz einfach, ich benutze die sieben Todsünden – im Extremfall alle sieben auf einen Streich – und schon ist mein Job erledigt. Sie glauben mir nicht? Ich will es Ihnen an einem kleinen Beispiel erklären:

Nehmen wir einen Mann namens Robert Schulz. Herr Schulz ist seit zehn Jahren verheiratet mit Elvira Schulz. Bei den beiden hat sich eine gewisse Langeweile in der Beziehung eingestellt. Hervorgerufen durch – na, wissen Sie es? – richtig durch Todsünde Nummer eins, der Trägheit. Herr Schulz hat sich nicht mehr um seine Frau bemüht, stattdessen in der Jogginghose vor dem Fernseher gesessen und sich die Sportschau angesehen. Träge wie er war, geizte er – wie könnte es auch anders sein – mit Aufmerksamkeiten. Er brachte seiner Frau keine

Blumen mehr mit, Komplimente blieben aus, Essenseinladungen gehörten der Vergangenheit an. Kurz gesagt, Todsünde Nummer zwei, der Geiz, wurde von mir aktiviert. Da Frau Schulz aufgrund der Trägheit ihres Mannes für alle Aufgaben im alltäglichen Zusammenleben alleine verantwortlich war, vernachlässigte sie sich ein wenig und schon hatte Herr Schulz eine Entschuldigung dafür, dass er begann, sich für andere Frauen zu interessieren. Frauen, die mehr auf ihr Äußeres achteten und weniger arbeiteten als seine eigene Frau. Und hier schickte ich Todsünde Nummer drei, die Untreue, ins Rennen. Und weil das so viel Spaß macht, gleich die Maßlosigkeit, Todsünde Nummer vier, hinterher. Herr Schulz ging nun regelmäßig aus, vorzugsweise war er im Rotlichtmilieu unterwegs. Wie einfach es doch ist, hier Untreue und Maßlosigkeit walten zu lassen. Es funktionierte alles nach Plan. Nach einer kurzen Zeit konnte ich auch den Neid - und damit bereits die fünfte Todsünde - einsetzen. Wie, fragen Sie? Nun, Herr Schulz beobachtete seine Geschlechtsgenossen, die regelmäßig hierher kamen, um zu spielen, zu trinken und sich zu amüsieren. Leider ist solch ein Leben auch sehr kostspielig und die Erkenntnis, hier nicht mithalten zu können ... Haben Sie es jetzt verstanden? Oh, ich liebe meine Arbeit. Die Verführung ist so einfach und vorhersehbar. Doch ich gebe zu, dass ich mir manches Mal auch ein wenig mehr Herausforderung wünsche. Und so habe ich dafür gesorgt, dass Frau Schulz von ihrem Nachbarn den Hof gemacht bekam. Er tat all das, was eigentlich die Aufgabe ihres Ehemanns gewesen wäre. Er machte ihr Komplimente, lud sie mal zum Kaffee ein und schenkte ihr gelegentlich ein paar Blumen. Das wiederum gefiel Herrn Schulz überhaupt nicht. Und hier kommt Todsünde Nummer sechs ins Spiel: der Stolz. Zu stolz einzusehen, dass es an ihm lag, an der Situation etwas zu ändern; zu stolz zuzugeben, dass er sich von Gefühlen hatte leiten lassen, die ihrer Beziehung nicht gut taten. Dieser Stolz führte dazu, dass sich seine Frau immer mehr zu dem Nachbarn hingezogen führte. Und das war der passende Zeitpunkt, Todsünde Nummer sieben auszuspielen: der Zorn.

Eines Abends kam Herr Schulz nach Hause und fand seine Frau in inniger Umarmung mit dem Nachbarn. Eigentlich weinte sie sich an seiner Schulter nur aus, da sie ihrer Ehe keine Chance mehr gab und darüber sehr traurig war. Aber Robert Schulz verstand das Bild, das sich ihm bot, völlig anders, der Zorn stieg ins Unermessliche und er sah rot. Das heißt, eigentlich sah er das große Fleischermesser auf dem Küchentisch liegen ... Meister Beelzebub hatte wieder eine Seele mehr zu verzeichnen, denn ich hatte meine Aufgabe zur vollsten Zufriedenheit meines Chefs erledigt. Auch wenn Sie jetzt denken, dass ich leicht zu durchschauen bin, rate ich Ihnen, sich vorzusehen. Zugegeben, ich habe Ihnen hier ein extremes Beispiel präsentiert. Nicht all meine Projekte haben diesen Verlauf. Auch kleinere Aufträge meines Meisters erledige ich schön schmerzhaft für jede Seele die auserkoren wird. Ich bin wirklich gut in meinem Job, sonst wäre ich seit Anbeginn der Menschheit nicht unermüdlich – ohne Urlaubs- und Krankheitstage - im Einsatz. Das dürfen Sie mir glauben. Und eines rate ich Ihnen: Nehmen Sie sich vor mir in Acht. Denn ich habe die große Gabe, überall sein zu können.

Dankbar sollst du sein

Kaum hatte Holger die Haustür geöffnet, da hörte er Tante Gertrud auch schon rufen. Wie sie es immer tat, vorwurfsvoll und durchdringlich.

„Wo kommst du her?"

Ohne zu antworten zog er seine Jacke aus, hängte sie an die Garderobe, warf einen Blick in den Spiegel und betrat die Küche.

„Ist noch etwas zu essen da?"

„Das hier ist kein Hotel." Gertrud räumte einen Teller in die Spülmaschine und machte sich daran, den Küchentisch abzuwaschen.

Ohne sie weiterhin zu beachten, inspizierte er den Inhalt des Kühlschranks. Nichts nach seinem Geschmack. Wie immer.

„Hast du mein Kleid aus der Reinigung geholt?"

„Nö." Holger fragte sich, wieso seine Tante immer diese teuren Kleider trug, die angeblich nicht für die Waschmaschine geschaffen waren. Er seufzte und bedauerte insgeheim das Geld, das seine Tante dafür ausgab. Er erinnerte sich noch sehr genau an seine Jugend, in der angesagte Klamotten für ihn tabu waren. Zu teuer, wie sie ihm immer wieder erklärte. Hosen und Hemden aus dem

Discounter für ihn, Kleider aus der Designer-Boutique für sie. Die Hänseleien seiner Klassenkameraden konnte er bis heute nicht vergessen.

„Wo warst du?" Der quengelnde Unterton in der Stimme seiner Tante riss ihn aus seinen Gedanken.

Ich bin müde."

„Das bist du immer in der letzten Zeit."

Holger fischte ein Stück Fleischwurst aus dem Kühlschrank und betrachtete es gedankenverloren bevor er es in den Mund schob und lustlos darauf herumkaute.

„Haben wir noch Bier?"

„Mitten in der Woche? So habe ich dich nicht erzogen."

Er verdrehte die Augen. Nur nicht die Nerven verlieren. Es würde nicht mehr lange dauern. Dann würde er die Bombe platzen lassen.

„Ich war verabredet." Holger war sich nicht sicher, ob ihm der versöhnliche Ton, den er versuchte anzuschlagen, gelungen war.

„Oh, hast du endlich eine nette Frau kennengelernt? Ich hoffe, nicht wieder so eine …", sie machte eine bedeutungsvolle Pause, „Unperson wie diese … Wie hieß sie noch gleich? Melissa? Die war viel zu jung für dich. Und ihre Kleidung … dieser kurze Rock und diese durchsichtige Bluse … einfach nur geschmacklos."

Insgeheim musste er seiner Tante zustimmen. Die Idee, Melissa als seine Freundin vorzustellen, war absurd gewesen.

„Melissa ist in Ordnung. Du hast doch noch nicht einmal versucht, sie richtig kennenzulernen. Vertrieben hast du sie."

„Ich?" Gertrud riss die Augen auf und blickte entrüstet in Holgers Richtung.

Lass' dich nur nicht provozieren, Holger, denk' an das Testament, die Vollmacht. Der Plan war einfach perfekt. Michael würde mit seinem Charme Tante Gertrud dazu bringen, die Vollmacht zu unterschreiben. Noch zwei Tage …

„Wer ist sie?"

„Wer?"

„Stell' dich nicht dümmer als du bist."

„Ich weiß wirklich nicht, wovon du sprichst."

„Deine Verabredung."

„Ach so."

„Nun?"

„Was nun?"

„Himmelherrgott nochmal, Holger!" Unwillkürlich musste er grinsen. Diese alte Hexe auf die Palme zu bringen, war eine der wenigen kleinen Vergnügungen, die er jedes Mal in vollen Zügen genoss.

„Sie wird dir nicht gefallen."

„Sie?" Jetzt war Gertruds Neugierde vollends geweckt.

„Nun, meine Verabredung."

„Wann stellst du sie mir vor?"

„Mal sehen." Jetzt nur keinen Fehler machen.

„Du musst mir aber rechtzeitig Bescheid geben, damit ich etwas Gutes vorbereiten kann. Am besten, sie kommt einmal sonntags zum Mittagessen. Also, ich könnte als Vorspeise …"

„Ja, ist klar", unterbrach er ihren Redeschwall, „Kreuzverhör beim Festschmaus."

„Sei nicht so frech. Schließlich will ich nur dein Bestes. Du solltest mir dankbar sein."

„Du vergisst, dass ich kein Kind mehr bin. Du musst mich nicht mehr beschützen."

„Papperlapapp. Ich habe mein Leben lang auf dich aufgepasst. Und das werde ich auch weiterhin tun. Auch wenn ich dabei gewisse Grenzen überschreiten muss", erwiderte sie trotzig.

Holger zuckte mit den Schultern. Er wollte nur noch weg. Raus aus dieser Küche.

Wortlos kehrte er seiner Tante den Rücken und machte sich auf den Weg in sein Zimmer in der oberen Etage.

Auf halber Treppe blieb Holger stehen. Was hatte sie damit gemeint? Aufpassen, beschützen, Grenzen überschreiten? Zeit ihres Lebens hatte sie ihm hinterher geschnüffelt, wusste immer über alles Bescheid, sprach nie darüber bis sie ihn vor vollendete Tatsachen stellte, seine Freunde auslud, sein Leben umkrempelte. Irgendwann tauchten alle, die ihm wichtig waren, nicht mehr auf. Waren wie vom Erdboden verschwunden. Genau wie seine Eltern, die auch verschollen waren. Nach einem Flug über dem ecuadorianischen Dschungel. Nie wieder hatte er etwas von ihnen gehört. Weder von seinen Eltern, noch von seinen Freunden. Hatte seine Tante damit zu tun? Er traute ihr alles zu. Holger spürte Hitze in sich aufsteigen. Nein, sie konnte nichts wissen. Oder doch? Langsam drehte er sich um. Dort unten am Treppenabsatz stand sie und schaute zu ihm empor. Ihr Blick war unergründlich.

„Hast du etwas vergessen, mein Junge?"

„Hast du eigentlich schon alle Papiere zusammengesucht? Ich meine, für den Notartermin in zwei Tagen. Du hast es doch nicht etwa vergessen?"

„Nun, wir werden sehen", murmelte sie vor sich hin, lächelte geistesabwesend, drehte ihm den Rücken zu und schlurfte ins Wohnzimmer. Bald darauf hörte er das Heulen der Polizeisirenen aus dem Fernseher. Da wusste er, dass Tante Gertrud ihre Lieblingsserie eingeschaltet hatte und nun in dem alten braunen Lehnsessel saß.

Nachdenklich stieg Holger die Treppe zu seinem Zimmer hinauf. Er war sich fast sicher, dass irgendetwas nicht stimmte. Sein Bauchgefühl trog ihn nur selten. Ob er Michael anrufen sollte? Nein, besser nicht. Der alte Drache bekam so ziemlich alles mit, was nicht für ihre Ohren bestimmt war. Morgen war auch noch ein Tag.

Am nächsten Morgen fühlte er sich nicht besonders wohl. Ein paar Bier zu viel am Abend zuvor und nur zwei Stunden Schlaf waren keine guten Voraussetzungen für einen anstrengenden Tag. Und doch hatte der Abend mit Michael ihm gut getan. Sie hatten es sich bei ihm zu Hause gemütlich gemacht. Er hatte eine Flasche Wein aus seinem Bestechungsvorrat, wie Michael seine Sammlung alkoholischer Mandantengeschenke nannte, geöffnet und Holger damit aufgezogen, dass er ein Banause sei, weil er Bier vorzog. Es war ein wunderbarer Abend gewesen, voller Harmonie und Zärtlichkeit.

Als Holger aus dem Bad kam, war es bereits fast an der Zeit, das Haus zu verlassen. Tante Gertrud schlief um diese Uhrzeit noch, sodass er wenigstens am Morgen seine Ruhe vor ihr hatte. Zumindest scheinbar. Oft genug kam es vor, dass sie ihm am Abend Vorhaltungen über etwas machte, was ihn vermuten ließ, dass sie ihn heimlich beobachtete. Diese Vorstellung ließ ihn schaudern. Er trank noch eine Tasse Kaffee, verließ dann das Haus, stieg in sein Auto, startete den Motor und fuhr los.

Kaum war er um die nächste Straßenecke gebogen, wählte er die Telefonnummer von Michaels Büro. Tanja Weber, die Büroassistentin meldete sich. Holger begrüßte sie und fragte nach Michael.

„Ach, guten Morgen Herr Kraft …" Täuschte er sich, oder weinte sie?

„Alles in Ordnung, Tanja?"

„Ach, Herr Kraft. Die Polizei war gerade hier. Herr Dr. Reichenhof … also, er ist … er ist tot."

Holger starrte auf die Freisprechanlage. Alles um ihn herum verschwamm vor seinen Augen. Mechanisch steuerte er den Wagen ohne auf den Verkehr zu achten. Sein Magen verkrampfte. Er sah Michaels lachendes Gesicht vor sich, als er die Flasche Wein öffnete. Diese Flasche mit dem Etikett, dass Holger bekannt vorkam. Tante Gertruds wissendes Lächeln am Abend zuvor. Was bedeutete das alles?

„Herr Kraft, sind Sie noch da?" erklang Tanjas Stimme aus dem Lautsprecher. Er starrte immer noch auf das Telefon.

„Herr Kraft? Können Sie vorbeikommen?" fragte sie.

Alles drehte sich. Alles war so weit weg und doch so nah. Michael. Sein Lachen. Tante Gertrud. Ihr böser Blick. Ein kurzes Aufflackern von Bremslichtern. Ein Lkw. Ein Aufprall. Dann wurde es dunkel.

Von Glatzen und Ohren

Gedankenverloren sitzt sie in der Linie 126. Das leichte Ruckeln, das Vibrieren des sich durch die Schneelandschaft kämpfenden Dieselmotors, macht Susanna bei jeder Busfahrt schläfrig. Jedoch auf eine Art, die sie beruhigt. Mehr als Pralinen aus Brüssel. Immer wieder fallen ihr die Augen zu und sie nimmt nur aus der Ferne wahr, wie der Bus hält, um erneut Passagiere aufzunehmen. Sie fühlt es mehr, als dass sie es sieht. Jemand hat sich auf den Platz vor ihr niedergelassen. Doch dann ist sie mit einem Schlag hellwach. Was für ein Bild von einem Kerl. Die Platte hübsch gepflegt. Dieses herrlich rasierte Haupt, rund wie eine Billardkugel, geschmeidig wie ein Mozzarella, nur nicht so weiß. Eher rot, wie ein blank polierter Apfel. Schneeflocken beginnen darauf zu schmelzen, verwandeln sich in kleine Wassertropfen, die sich nun langsam über diesen haarlosen Schädel und den kräftigen Hals ihren Weg zu den breiten Schultern suchen, um dort in einem Mantelkragen aus grauem Kaschmir zu versinken. Wie es scheint hingebungsvoll. Ergeben. Susanna kann ihren Blick nicht abwenden, knetet nervös ihre Finger im Schoß. Die Knöchel treten weiß hervor. Sie merkt es nicht. Wie es wohl wäre, mit ihren Lippen sanft über dieses samtene Haupt zu streichen? Vielleicht so, wie die sanfte Berührung eines Pfirsichs in freudiger Erwartung des süßen Saftes dieser Frucht? Pfirsichsorbet. Das wäre wohl das passende Dessert für ein Geburtstagsmahl. Genussvoll betrachtet sie das Bild vor sich. Welcher Maler wäre wohl imstande, diese Ausstrahlung in satten Farben festzuhalten? Ein alter Meister wie Rubens, der es verstand, mit dunklen Farben das Augenmerk auf die Vollkommenheit zu lenken? Oder vielleicht doch ein Künstler einer modereren Epoche? Susannas Blick klammert sich an die kapitalen Ohren ihres Vordermanns. Sie mag große Männerohren. Je größer sie sind, desto stolzer stehen sie an der Glatze. Gerade so wie der erste Spargel, der sich durch den sandigen Boden stößt. Ob sie wohl im Januar frischen Spargel bekäme? Susanna seufzt. Ihren Geburtstag würde sie alleine verbringen. Heulend auf dem Sofa, vor dem Fernseher. Herzlichen Glückwunsch. Auf die nächsten einsamen Jahre. Wieso also diese mühsamen Gedanken um ein Festmahl? Sie betrachtet die fleischliche Kugel mit den großen, etwas abstehenden Ohren vor sich. Ob sie es wagen sollte? Ganz sanft, wie zufällig? Einmal nur berühren. Schmecken wäre besser. An den Ohrläppchen zutzeln, wie man die bayerische Weißwurst zutzelt. Weißwurst, süßer Senf, Laugenbrezel und eine Maß … nicht unbedingt ein passendes Menü. Keine Frage. Und doch erregt sie der Gedanke, denkt an die weiche Haut der Wurst.

Ein metallischer Geschmack weckt sie aus ihren Gedanken. Mit dem Handrücken fährt sie sich über die Lippen. Ein roter Streifen warmer Flüssigkeit wird darauf sichtbar. Dann erst spürt sie den stechenden Schmerz auf der linken Seite ihrer Unterlippe. Ein Biss, der die Realität wieder gerade rückt. Eine unbewusste Reaktion ihres wieder einsetzenden Menschenverstandes? An der nächsten Haltestelle steigt sie aus und macht sich auf den Nachhauseweg. Die einsetzende Dunkelheit und der immer dichtere Schneefall lassen sie schneller gehen als es für die glatten Sohlen ihrer Schuhe auf dem vereisten Asphalt ratsam wäre. So hält sie ihren Kopf gesenkt, den Blick aufmerksam auf den vor ihr liegenden Weg gerichtet. Und doch gerät sie nur ein paar Metern weiter ins Rutschen und kann sich gerade noch fangen. Als sie ihren Blick hebt, steht sie vor einer Metzgerei. Sie lächelt und betritt den Laden. Eine Glocke erklingt und ein weiteres Prachtexemplar einer Glatze erscheint hinter dem Tresen. Strahlende Augen lächeln sie an, zwinkern ihr zu. Ein halbes Dutzend Schweineöhrchen, bitte, sagt sie und spürt ein Kribbeln im Bauch. Ihr Geburtstag wird vielleicht doch noch ganz passabel.

Edgars zweite große Liebe

Damals wäre sie ihm nie aufgefallen. Damals hatte er nur Augen für Marianne. Sie hatte ihr Leben lang von einem Häuschen im Grünen geträumt. So war es für ihn selbstverständlich gewesen, ihr diesen Wunsch zu erfüllen. Für sie hatte er gerne die endlos dauernden täglichen Fahrten zwischen Mariannes Traum und seiner Arbeitsstätte in Kauf genommen. Auch wenn es bedeutete, dass nicht mehr viel von den gemeinsamen Abenden übrig blieb. Umso schöner waren dann die Wochenenden gewesen. Die Wochenenden, an denen sich Marianne für sehr lange Zeit ziemlich gut verstellen konnte, damit er nichts bemerkte. Doch eines Sonntags schaffte sie es nicht mehr, vor ihm aufzustehen, um sich die Spuren ihrer Krankheit mit ausreichend Make-up zu überschminken. An diesem Sonntag stürzte der Himmel über ihm zusammen.

Als Marianne starb, hielt ihn nichts mehr in dem Haus. Er zog wieder in die Stadt. Die kurzen Wege zwischen Arbeitsstätte und Wohnung wären früher ein Segen gewesen. Doch heute bedeuteten ihm die freien Abende nichts mehr. So begann er durch die Stadt zu laufen und merkte bald, dass diese Spaziergänge ein wenig den Druck der Einsamkeit nahmen.

Dann – eines Tages – sah er sie. Wie elektrisiert blieb er stehen, schaute sie unverwandt an. Ein leichtes Beben durchströmte seinen Körper. Diese Faszination hatte er schon lange nicht mehr gespürt. Er dachte nicht mehr an das, was gestern war oder an das, was kommen könnte. Es gab nur noch das Hier und Jetzt. Ein Rauschen in seinen Ohren schwoll an, ließ die Geräusche um ihn herum wie durch Watte zu ihm durchdringen. Sein Blick verschleierte sich und er wollte nur noch sie. Sie, die ihn unverwandt anschaute, mit ihren blauen, etwas zu kalten Augen. Es fiel ihm schwer, seinen Blick von ihr zu lösen, doch irgendwie schaffte er es. Als er sich auf den Heimweg machte, war sein Gang leicht und federnd wie an dem Tag, als er Marianne das erste Mal gesehen hatte.

An den folgenden Tagen hatten seine Spaziergänge immer dasselbe Ziel. Hatte er es erreicht, genoss er das faszinierende Beben, das seinen ganzen Körper ergriff. Mit der Zeit wurde er mutiger, war weniger verwirrt über seine Gefühle und dieses peinliche Erröten nahm ab.

Eines Tages hielt Edgar es nicht mehr aus. Er musste etwas unternehmen, wusste aber nicht so recht was. So betrat er das Kaufhaus, schlenderte ruhelos umher, ohne konkretes Ziel, ohne anfänglich zu wissen, wie es weiter gehen sollte.

Eine Durchsage verkündete den nahenden Geschäftsschluss und eine freundliche Stimme forderte die letzten Kunden dazu auf, sich zum Ausgang zu begeben. Edgar stand wie versteinert in der Möbelabteilung neben einem

Schrank. Ein Ausstellungsstück. Eiche massiv. Nein! Er konnte jetzt nicht gehen. Denn sie war hier. Sie würde dieses Kaufhaus nicht verlassen. Dessen war er sich sicher. Sein Entschluss stand fest.

Geraume Zeit später, als er sicher sein konnte, dass der Wachmann seine letzte Runde gedreht hatte, wagte er sich aus dem Schrank. Das Blut pulsierte in seinen Adern. Sein Puls glich schnellen rhythmischen Trommelschlägen. Gleich würde er sie in die Arme schließen können. Er konnte spüren, wie sie auf ihn wartete.

Es dauerte ein wenig, bis er sich orientiert hatte. Doch schon kurze Zeit später stand er vor ihr. Sie schaute ihm direkt in die Augen. Ihm kam es vor, als zwinkerte sie ihm zu. Ihr Blick sagte alles, was er hören wollte. Sanft hob er sie in seine Arme und trug sie zurück in die Möbelabteilung. Dort, in einem der Betten, würde er die Nacht mit ihr verbringen. Ihre erste gemeinsame Nacht. Ihre Hände auf seinen Schultern, die leichten Berührungen, die so viel Zärtlichkeit ausdrückten. Wie sehr hatte er genau das vermisst. Diese Sanftheit, diese Erfüllung. Er vergaß den Ort, die Umgebung. Er wollte nur noch eins sein mit diesem Wesen, das ihn so sehr verzauberte.

Ein Murmeln und Kichern riss ihn aus dem Schlaf. Langsam öffnete er die Augen. Es dauerte einen Augenblick bis er verstand, was geschehen war. Unwillkürlich tastete er nach seiner Kleidung, fand sie aber nicht. Warum nur war er eingeschlafen? Wieder einmal war es ihm nicht gelungen, die Frau, die er liebte, zu beschützen. Er zog die Decke ein Stück höher, damit die Umstehenden ihrer beider Nacktheit verborgen blieb. Doch es war zu spät. Mindestens zwei Dutzend Augenpaare fixierten ihn, Köpfe wurden geschüttelt, es wurde gelacht. Das Wachpersonal des Kaufhauses teilte die Menschengruppe um ihn herum. Mit drohenden Gesten und finsteren Blicken kamen sie auf ihn zu, bildeten eine Formation, Zugvögeln auf dem Weg in den Süden ähnelnd. Ein stämmiger Buckliger mit zornig funkelnden Augen schaute angewidert auf Edgar hinunter, der sich krampfhaft an der Decke festklammerte. Und dann – damit es auch jeder hören konnte - gab der Bucklige seinen Befehl: „Nehmt ihm doch endlich die verdammte Puppe weg. Die Polizei ist bereits alarmiert."

Die Entscheidung

Es dauerte eine Weile, bis Leon wieder zu Atem kam. Ganz knapp war er seinen Verfolgern entkommen und in letzter Sekunde in den Zug gesprungen. Warum hatte er sich auch nur auf sie eingelassen?

Klar, es war verlockend gewesen, ihr Angebot anzunehmen. Leicht verdientes Geld eben. Vor Prügeleien hatte er noch nie Angst gehabt. Und Angst einflößen erschien ihm nach wie vor wie ein großer Spaß. Die Kurierfahrten in protzigen Autos waren ein Vergnügen gewesen, das viele Geld verlockend. Dabei hatte er doch nur ein paar Scheine … Doch jetzt? Nie im Leben hätte er gedacht, dass er eines Tages Ärger bekäme. Organisierte Kriminalität – naiv wie er war, hatte er nicht daran geglaubt, dass ausgerechnet seine Freunde dazu gehörten.

Leon suchte sich einen Platz, atmete tief und gleichmäßig ein und aus. Als sein Herz sich wieder beruhigt und seinen Rhythmus gefunden hatte, überkam ihn eine erschöpfende Müdigkeit. Nur ein wenig die Augen schließen, dachte er noch und dann schlief er auch schon ein.

Beißender Qualm stieg ihm in die Nase. Es brennt, dachte er noch bevor er seine Augen langsam öffnete. Rauchschwaden umwaberten ihn und er wusste im ersten Moment nicht, wo er war. Schmerzerfüllte Schreie, leises Wimmern und ängstliches Stöhnen drangen durch seine

Ohren in sein Gehirn, setzten sich dort fest. Nie würde er diese Laute vergessen können, die sich nun mit dem Rauschen seines eigenen Blutes vermischten.

Vorsichtig bewegte er seine Glieder. Er spürte, dass er unverletzt war. Doch irgendetwas hinderte ihn daran, seine Beine zu bewegen. Langsam hob er seinen Kopf. Ein Mann lag bäuchlings über seine Knie, der Kopf merkwürdig verdreht. Sein weißer Hemdkragen unter dem grauen Anzug war blutdurchtränkt, die kurzen braunen Haare überzogen mit gläsernen Splittern. Leon stockte der Atem. Panik stieg in ihm auf.

„Du musst Ruhe bewahren, Leon", sprach er zu sich selbst. „Einfach nur Ruhe bewahren."

Mühsam richtete er seinen Oberkörper auf, so dass er zum Sitzen kam. Dafür musste er sich seitlich mit den Händen abstützen. Glasscherben zerschnitten ihm dabei seine Finger. Es kostete ihn all seine Kraft, den leblosen Körper von seinen Beinen zu schieben. Als er den Leichnam auf den Rücken rollte, fuhr er zusammen. Der Tote hatte kein Gesicht …

Leon kam schwankend auf die Beine und sah sich um. Überall lagen Verletzte, tote Körper, Leichenteile, aufgeplatzte Gepäckstücke, einzelne Schuhe, Kleidung, zerrissene Zugsitze, Papiere. Dieses Bild und der Geruch nach verbranntem Gummi, Blut und Fäkalien ließ seinen Magen rebellieren und er kotzte dem Gesichtslosen auf die Beine.

„'Tschuldigung, Alter", murmelte Leon, als das pulsierende Pumpen seines Magens endlich aufgehört hatte. Danach fühlte er sich besser.

Was für ein Wunder, dass er diese Katastrophe nahezu unverletzt überlebt hatte. Vielleicht war es ein Wink des Schicksals? Sollte dieser Albtraum sein persönliches Glück bedeuten? Konnte er so entkommen?

Sein Blick fiel auf den toten Mann ohne Gesicht. Wieder zog sich sein Magen zusammen, doch mehr als ein trockenes Würgen brachte er nicht mehr zustande.

Plötzlich schoss ihm ein ungeheurer Gedanke durch den Kopf. Ja! Das war die Lösung. Er schaute sich um und atmete erleichtert auf. Er war unbeobachtet. Jetzt hieß es schnell handeln. In der Brusttasche des Jacketts des Toten fand er, was er suchte: die Brieftasche. Leon nahm sie an sich und inspizierte den Inhalt. Alles vorhanden: Ausweis, Führerschein, Versicherungskarte. Der Mann war nur ein Jahr älter als er selbst. Körpergröße, Haarfarbe und Augenfarbe – alles passte. Er schauderte vor Erregung. Noch einmal wagte er jedoch nicht, den toten Philip Baudach anzufassen. Stattdessen ließ Leon seine eigene Brieftasche neben den Toten fallen. Dann machte er sich auf den Weg.

Nur weg hier, dachte er, nur schnell weg hier, Philip Baudach.

Psychiater sind auch nur Menschen

Hätte ich gewusst, dass dieser Mittwoch der schrecklichste Tag meines Lebens werden würde, dann hätte ich meine Wohnung nicht verlassen. Ich hätte mich eingeschlossen und mich ganz still verhalten.

Doch in meiner Unkenntnis verlief der Morgen alltäglich monoton. Ein Blick in den Spiegel zeigte mir äußerst indiskret meine unausgeglichene Verfassung, die mich in den letzten Monaten immer häufiger aus der Bahn zu werfen drohte. Dunkle Augenringe und ein müder Blick verrieten meine unruhigen Nächte. Ich verwendete nicht besonders viel Aufmerksamkeit auf meine Morgentoilette, verzichtete auf die Rasur, frühstückte lustlos ein trockenes Toast und schlüpfte in die Kleider vom Vortag. Schließlich hatten heute wieder andere Patienten Termine. Patienten, die – vor Egoismus strotzend – ihren Seelenmüll in meinen Therapiestunden abluden, unfähig ihre Probleme anzugehen. Meine Praxis, so war ich überzeugt, war eine Art Deponie für Seelenmüll. Und ich? Ich war der Müllsortierer, immer auf der Suche nach verwertbarem Schrott.

Die erste ' Patientin an diesem besagten Mittwoch war Melanie Meier. Zu diesem Zeitpunkt wusste ich noch nicht, dass sie die einzige Patientin an diesem Tag bleiben sollte. Melanie Meier war eine junge Frau, die gerade die dreißig überschritten hatte und vom Leben mehr erwartete, als es ihr bot. Doch der Gedanke an Veränderung lähmte sie. Als sie meine Praxis betrat, in einem Kleid aus blassblauem Leinen, das zu groß für sie wirkte, spürte ich wieder einmal diese Wut und Aggressivität in mir, die mir in den letzten Monaten häufiger aufgefallen waren.

„Guten Morgen, Frau Meier. Nehmen Sie doch Platz. Nun, wie ist es Ihnen in der letzten Woche ergangen?"

„Ach, ich habe immer dieses Gefühl, gefangen zu sein, nicht ausbrechen zu können. Ich würde so gerne etwas Grundlegendes ändern, weiß aber nicht, was. Das Leben muss doch mehr zu bieten haben, als Arbeit und Familie. Ich kann einfach nicht verstehen, dass so viele Menschen sich damit zufrieden geben. Ich jedenfalls bin ständig unzufrieden …"

Ich schaltete ab, außerstande dieser eintönigen Stimme, dieser Unentschlossenheit zu folgen. Es brodelte in mir.

Melanie Meier sah ganz passabel aus. Sie hatte eine schlanke Figur und eine zarte Haut, die ein wenig rosig wirkte. Ihre blonden Haare trug sie lang und offen. Wenn sie etwas mehr aus sich machen würde, wäre sie wahrscheinlich eine Schönheit. Doch ihre Unfähigkeit lebendig zu sein raubte ihre Attraktivität und ihr Jammern vermochte noch nicht einmal den Beschützerinstinkt – meinen Beschützerinstinkt – hervorzulocken.

„Und mein Mann interessiert sich so überhaupt nicht für meine Bedürfnisse. Er ist so erschreckend zufrieden mit unserem Leben. Klar, manchmal gehen wir ins Kino oder zum Essen, aber das ist alles so furchtbar langweilig. Nichts passiert. Aber auch gar nichts. Um mich herum ist nur ein großes gähnendes Loch. Das kann doch nicht alles sein, nicht wahr? Er gibt mir auch gar nicht das Gefühl, eine begehrenswerte Frau zu sein."

Ich schloss kurz meine Augen und konzentrierte mich auf meine Atmung. Diese Frau war notorisch unzufrieden. Es war also kein Wunder, dass ihr Mann sie nicht begehrte. Aber vielleicht tat er es doch, nur merkte sie es nicht, weil sie sich in ihrem Leid so sehr gefiel. Erbost kam ich zu der festen Überzeugung, dass eine Therapie ihr nicht helfen würde. Denn diese Frau brauchte ihre Unzufriedenheit wie der Fisch das Wasser. Die Wut in mir wallte noch etwas stärker auf. Nicht zuletzt auch, weil ich alle psychiatrischen Lehren über Bord warf, sie einfach als nicht existent betrachtete.

„Ich bin doch noch jung. Zu jung für dieses öde Leben. Ich möchte Abenteuer, mich amüsieren. Wahrscheinlich hätte ich nicht heiraten dürfen. Aber ich bin auch nicht sicher, ob ich dann den Mut hätte, meine Fantasien auszuleben …"

Ich nickte und notierte das Wort Fantasien, nur um irgendetwas in die Patientenakte schreiben zu können. Um meiner Feststellung eine gewisse Wichtigkeit zu geben, machte ich noch ein Ausrufungszeichen dahinter. Verstohlen blickte ich zur Uhr. Die Zeit schien still zu stehen.

„Äh, ich denke schon, dass ich auf Männer eine gewisse Anziehungskraft ausübe, nicht wahr?" Melanie Meier setzte sich gerade und schlug kokett ein Bein über das andere. Dabei rutschte wie zufällig ihr Kleid ein wenig höher.

Das durfte doch nicht wahr sein! Hitze stieg in mir auf. Diese Wut schlug in noch größere Aggressivität um, die erstaunlicherweise eine Erektion bei mir auslöste. Was fiel dieser Frau ein? Dieses Verhalten passte so gar nicht zu ihrer bisherigen Melancholie. Ich bemerkte, wie ihr Blick über meinen Körper wanderte und an meinem Schritt hängen blieb. Dann lächelte sie wissend und zog – diesmal ganz offensichtlich – ihr Kleid noch ein Stück höher, gerade so weit, dass ich erahnen konnte, dass sie keinen Slip trug. Ich versuchte meine Professionalität nicht zu verlieren und atmete tief durch. Doch mein Puls raste und ich fühlte, wie die Adern an meinen Schläfen hervortraten.

„Sind Sie eigentlich verheiratet?", hörte ich sie fragen. Ihre Stimme klang wie durch Watte, weit weg. Es schien mir, als seien wir durch Raum und Zeit getrennt. Ich bebte und plötzlich färbte sich meine Umgebung rot. Es war, als ob aus allen Gegenständen meines Sprechzimmers eine rote Flüssigkeit austrat und sich langsam zu einer großen Lache ausbreitete. Für einen Augenblick hielt ich inne und ließ die Farbe zu. Dann erhob ich mich und ging langsam auf Melanie Meier zu, die erwartungsvoll zu mir aufblickte. Als ich vor ihr stehen blieb, lehnte sie sich zurück und schloss die Augen. Mittlerweile war meine ganze Praxis rot gefärbt. Das Blut in meinen Adern pulsierte und ein Feuer brannte in meiner Brust. Die brodelnde Wut in mir drohte überzukochen. Da holte ich aus. Meine Faust traf sie mitten ins Gesicht.

„Du kleine Schlampe willst also Abenteuer … Fantasien ausleben? Und mich hast du dazu ausgewählt? Okay, das kannst du haben … dein Abenteuer beginnt jetzt." Meine eigene Stimme kam mir fremd vor. Hatte ich das wirklich gesagt? Doch bevor ich weiter darüber nachdenken konnte, schlug ich bereits ein zweites Mal zu. Überrascht starrte sie mich an. Blut lief aus ihrer Nase.

„Herr Doktor … ich … was … bitte …" Doch ich hatte mittlerweile meine Grenze überschritten, also konnte ich auch das tun, was mir Befriedigung verschaffen würde.

„Halt's Maul, du dreckige Hure", presste ich hervor, legte meine Hände um ihren Hals und drückte zu. Ihr angsterfüllter Blick und ihre verzweifelten Versuche, sich zu wehren, taten mir gut, nahmen mir ein wenig den Schmerz der Verbitterung und auch den Schmerz in meinen Lenden. Einen kurzen Moment, in dem ich mich auf die Erleichterung in mir konzentrierte, gelang es ihr, sich zu befreien und rannte zur Tür. Ich durfte sie nicht entwischen lassen! Und so sprang ich hinter ihr her, riss sie zu Boden und schlug erneut zu. Wieder suchten meine Hände ihren Hals. Plötzlich spürte ich einen Schlag gegen meine Schläfe. Ein seltsames Klingeln hallte in meinen Ohren.

„Herr Doktor, geht es Ihnen gut?" Melanie Meier betrachtete mich ängstlich.

„Äh … ja … alles in Ordnung." Schweiß rann mir den Rücken hinab.

„Sie sind auf einmal ganz blass geworden und dann haben Sie sich …"

Ich räusperte mich und schluckte trocken jedoch nur vorübergehend die aufkeimende Übelkeit hinunter.

„Nun, die Stunde ist vorüber", unterbrach ich sie, „wir sehen uns dann nächsten Mittwoch. Ich wünsche Ihnen eine gute Woche."

Unsicher nickte sie mir zu und ich hatte den Eindruck, dass sie es kaum erwarten konnte die Praxis zu verlassen. Schnell schloss ich hinter ihr ab. Endlich war ich allein. Ich stürzte ins Bad und erbrach mich immer und immer wieder. Ich kotzte mir die Seele aus dem Leib.

Nach einer ganzen Weile stand ich mit zitternden Beinen auf und wusch mein Gesicht. Als ich in den Spiegel sah, zucke ich erschrocken zusammen. Wer war dieser Mann, der mich ausdruckslos ansah? Ich stöhnte und wankte zurück in mein Sprechzimmer, wo ich mich erschöpft in meinen Sessel fallen ließ. Schwerfällig griff ich nach dem Telefon und begann, alle weiteren Termine auf unbestimmte Zeit abzusagen. Dann stand mir der schwerste Anruf bevor.

„Guten Tag, Herr Kollege. Christoph Essling hier. Ich brauche Ihre Hilfe … nein, es geht nicht um einen Patienten … ja, es ist dringend, sehr dringend sogar … heute Nachmittag … 17.00 Uhr … Das passt hervorragend … vielen Dank … Auf Wiedersehen …"

Erschöpft ließ ich zunächst das Telefon, dann meinen Kopf auf den Schreibtisch sinken. Die Kühle der Glasplatte beruhigte ein wenig das wilde Pochen in meinen Schläfen. Tränen rannen über mein Gesicht. Und dann schlief ich ein.

Als ich erwachte, wusste ich zunächst nicht, wo ich war. Ich hatte Durst, doch ich konnte mich nicht bewegen. Es dauerte eine Weile bis ich registrierte, dass ich mich, an einem Bett festgeschnallt, in einem Krankenhaus befand. Ich versuchte, jemanden zu Hilfe zu rufen. Doch aus meiner Kehle erklang nur ein leises Krächzen. Was war nur passiert? Da öffnete sich die Tür und ein Mann im weißen Kittel betrat das Zimmer.

„Ah, Herr Dr. Essling … wieder erwacht? Wie fühlen Sie sich?" Ohne meine Antwort abzuwarten, schob er mir einen Strohhalm in den Mund. Dankbar trank ich, bis der Becher leer war.

„Was ist passiert?", wollte ich von ihm wissen.

„Nun, Sie hatten einen kleinen nervlichen Zusammenbruch in Ihrer Praxis. Aber machen Sie sich keine Sorgen. Ihrer Patientin – wie heißt sie noch gleich – äh, ja, Frau Meier – geht es den Umständen entsprechend gut. Aber jetzt ruhen Sie sich zuerst einmal aus. Haben Sie Kopfschmerzen? Der Schlag mit der Bronze-Statue war schließlich nicht ohne. Und morgen …"

Alle Hoffnung in mir löste sich wie ein Stück Würfelzucker in heißer Flüssigkeit auf. Das war der Augenblick, in dem mir mit einem Mal bewusst wurde, dass dies wirklich der schrecklichste Tag meines Lebens war.

Der Mann vom Fach

„Tach junge Frau, Jas- un Wasserinstallationen Rohrbach. Se hatten anjerufen. Da wollemer uns dat Malheur mal ansehen." Mit diesen Worten stampfte der zur Hilfe gerufene Gas- und Wasserheld an mir vorbei in meine Wohnung. Neugierig sah er sich um.

„Wo hammer denn dat Badezimmer?"

„Den Flur entlang, letzte Tür rechts."

„Aha. Da wolle mer mal. Nä, wat is dat heut ne Hitze. Un dann haben Se noch nit mal ne Aufzug im Haus. Da steht mer ja im Wasser, wenn mer anjekommen is."

„Wasser? Möchten Sie vielleicht etwas trinken?"

„Och, en lecker Bierchen wär jetzt nit schlecht. Aber ich bin ja Profi im Dienst. Also wenn Se nen Sprudel hätten …"

„Gerne." Während ich in die Küche ging, um meinem Überschwemmungsretter eine Erfrischung zu holen, hörte ich ihn im Badezimmer laut polternd seine Werkzeugtasche entleeren. Als ich mit einem großen Glas Mineralwasser in der Hand in das Badezimmer trat, hatte er sich bereits schwerfällig vor das Waschbecken gekniet und inspizierte Rohre und Schellen. Sein haariges Hinterteil war halb aus der Hose gerutscht und streckte sich mir neugierig entgegen.

„Äh … ich stelle Ihr Wasser hier auf den Schrank."

„Jo … tja junge Frau, dat sieht nach nem jewaltigen Rohrbruch aus. Jlauben Se mir, dat seh' ich auf einem Blick. Ich bin ja schließlich vom Fach", erklärte er mir selbstzufrieden.

„Die Überschwemmung sieht mir aber eher nach einer Verstopfung aus", wagte ich einzuwenden.

„Jo jo, un dann is dat Rohr jebrochen. Aber jetzt wollemer zuerst mal die Verstopfung beheben … also die Rohrverstopfung, nit dat Se mich falsch verstehen … hähähä." Plump richtete er sich auf und dabei stützte er sich mit seinem vollen Gewicht auf das Waschbecken, welches unter der Last unheildrohend ächzte.

„Wo Se jrad da stehen – reichen Se mir doch mal den Pömpel."

„Pömpel? Was ist das?" Verwirrt suchte ich zwischen den Werkzeugen nach einem Ding, das sich Pömpel schimpfen könnte.

„Ah, ich verjesse immer, dat meine Kundschaft nit vom Fach is … dat Jummiding da … die Saugjlocke."

Erleichtert entdeckte ich das gewünschte Objekt und reichte es ihm. Nun begann er, den Abfluss mit der Saugglocke zu bearbeiten. Die Rohre schienen unter seiner kraftvollen Arbeit schmerzvoll zu stöhnen, gerade so, als ob gebrochene Knochen gerichtet würden. Ein lautes Glucksen kündigte einen nahen Erfolg an.

„Ich glaube, es tut sich was. Aber ich habe das Gefühl, dass in der Dusche …"

„Wat is mit der Dusche?"

„Ich glaube …", weiter kam ich mit meiner Vermutung nicht. Eine Fontäne schoss aus dem Abfluss der Dusche und setzte wiederum mein Badezimmer unter Wasser.

„Wat für ne Sauerei. Jetzt hammer die Verstopfung verschoben. Lassen Se mich mal an die Brause. Jetzt müssemer da dran."

Gesagt, getan. Nun bearbeitete er unter Stöhnen und Ächzen den Abfluss der Dusche. Ängstlich beobachtete ich das Geschehen. Was würde wohl als nächstes passieren?

„Sind Sie sicher, dass Sie hier nicht auch die Verstopfung verschieben?"

„Nä nä, dat hammer jleich. Jleich hammer et."

Meinem Installationshelden rann das Wasser in kleinen Bächlein am Körper hinab, während er nun den Pömpel in der Dusche zum Einsatz brachte.

„Sind Sie sicher, dass Sie das hinkriegen?"

„Wat jlauben Se denn, junge Frau. Sicher kriejen mer dat hin. Jleich hammer et."

Aber das Abflussrohr der Dusche reagierte weder durch Gluckern, Glucksen oder Ächzen auf die rüde Behandlung des Installateurs. Nach einigen erfolglosen Minuten hielt er inne, kratzte sich am Kopf und überlegte, was weiter zu tun sei.

„Ich werd mal die Spirale aus dem Wagen holen. Da müsse mer schwerere Jeschütze auffahren."

Mittlerweile war ich mir nicht mehr sicher, ob ich die richtige Firma zur Hilfe gerufen hatte. Nach kurzer Zeit kam nun der Mann vom Fach mit einer Spirale bewaffnet und einem Kollegen im Schlepptau zurück ins Badezimmer.

„Ah, Sie haben Verstärkung mitgebracht", bemerkte ich erleichtert.

„Guten Tag, ich bin der Meister Rohrbach. Wir werden jetzt das Rohr mit der Spirale reinigen und …", auch er begutachtete die Rohre unter dem Waschbecken, „... und damit wäre dann das Problem gelöst."

„Also kein Rohrbruch?"

„Nein, nein! ... Alfred, Spirale einsetzen und dann sind wir hier fertig."

"Jut Meister. Spirale einsetzen ..."

Nach wenigen Minuten war die Rohrverstopfung behoben. Der Meister stellte mir eine Rechnung aus und die Männer verabschiedeten sich.

„Na, dann wollemer mal, ich bin ja vom Fach", seufzte ich und begann mein Badezimmer zu putzen.

Gertruds Gedanken

Verdammt, wo war nur wieder ihre Lesebrille? Diese würde sie brauchen, wenn ihr Sohn Michael ihr wieder irgendwelche Verträge unterjubeln wollte. Wo hatte sie bloß dieses blöde Ding abgelegt? Ah, da – auf dem Fernseher – da war sie ja.

Fein hatte sie sich heute gemacht. So fein, dass Michael wahrscheinlich wieder nur mit seinem hübschen Kopf schütteln würde. Ja, sie hatte einen gutaussehenden Sohn, immer adrett, immer elegant und immer spießig. Das hatte er von seinem Vater – Gott hab' ihn selig – aber keinesfalls von ihr. Herbert war genauso gewesen. Im Alter von dreißig Jahren war er nicht mehr in der Lage gewesen, zu staunen oder sich zu begeistern. Irgendwie war er schon fertig mit seinem Leben und hinter seiner bravourösen Fassade war er uralt, ein Greis im Kopf. Kein Wunder, dass er so früh starb!

Sie betrachtete sich im Spiegel und war durchaus zufrieden mit dem, was sie sah: Eine kleine ältere Dame in einem bunten Blumenrock, einem gestreiften Pullover und ihrer heißgeliebten orangefarbenen Strickjacke. Energisch setzte sie ihren lilafarbenen Hut auf ihr silbergraues dauergewelltes Haar. So! Perfekt!

Michaels Lieblingsspruch war: „Ach Mutter! In deinem Alter …" Egal, ob es um ihre Kleidung ging, ihr Verhalten in der Öffentlichkeit, ihre Ansichten zum Weltgeschehen. Was sollte das heißen? Nächstes Jahr erst würde sie ihren 80. Geburtstag feiern. Dann war sie vielleicht alt, aber doch nicht heute! Er konnte manchmal so ein Flegel sein. Na ja, eigentlich meinte er es nur gut mir ihr. Natürlich fiel es ihr manchmal schwer, ihren Haushalt zu erledigen. Vor allem dann, wenn die Gelenke wieder einmal schmerzten. Aber ihre Gelenke schmerzten schon, als sie halb so alt war wie heute. War sie deswegen damals schon alt gewesen? Unfug! Sie kam ganz gut alleine zurecht. Sollte er sie doch endlich in Ruhe lassen und sein eigenes Leben leben. Schließlich war er auch nicht mehr der Jüngste ... Und Monika, seine Frau, dieses verhuschte Ding? Pah, die schnaufte doch schon, wenn der Aufzug mal kaputt war und sie bis in den ersten Stock die Treppe nehmen musste. Sollten sie sich doch selbst in einem Altersheim einmieten. Sie schüttelte sich bei dem Gedanken an den gut bürgerlich gedeckten Kaffeetisch, der sie erwartete. Alles passte zusammen, selbst die Servietten hatten das Muster des Geschirrs.

Eigentlich hatte sie gar keine Lust auf einen Besuch bei ihrem Sohn. Immer wieder dieselbe Leier! Aber auf ihren Enkel freute sie sich. Hoffentlich war er da und hatte nicht – wie schon so oft – die Flucht ergriffen. Für ihren Enkel war sie die coolste Oma auf der ganzen Welt und gar nicht alt. Mit ihm hörte sie zusammen Rap-Musik und er erklärte ihr das Internet.

Huch, sie hatte ja noch gar keine Schuhe an. Jetzt wäre sie doch beinahe in ihren Schlappen aus dem Haus gegangen. Na, das wäre ein gefundenes Fressen für Michael gewesen. Verschmitzt lächelte sie in sich hinein. Wenn er wüsste, dass das schon ein paar Mal vorgekommen ist. Einmal war sie sogar im Nachthemd zum Bäcker gegangen. Irgendwie hatte sie vergessen, dass sie sich noch anziehen musste. Aber so schlimm war das auch nicht gewesen. Schließlich war es im Sommer passiert und die heutige Kleidermode lässt doch kaum einen Unterschied zu. Dumm nur, dass dieses Fräulein Teigmann sofort Michael informierte. Was die sich einbildet. Soll sie sich doch auf ihre Brötchen konzentrieren. Na, der hatte sie aber Bescheid gesagt. So könne man sich schließlich auch die Kundschaft vergraulen. Seitdem kaufte Gertrud ihr Brot nur noch im Supermarkt.

Noch einmal betrachtete sie sich im Spiegel. Auf in den Kampf, Gertrud Ganter. Nur noch den Gasherd aufdrehen, damit es nachher schön warm ist. So, erledigt. Dann nahm sie ihre Handtasche und machte sich auf den Weg zu ihrem Sohn.

Alkohol

Das Zittern wollte einfach nicht aufhören. Ihre Hände, unkontrolliert, unruhig. Gestern noch war alles gut. Es war nett. Gesellig. Wein hatte sie getrunken. Drei oder vier Flaschen. Später am Abend gab es Cocktails. Gut hatte sie sich gefühlt. Sehr gut. Leicht und unbeschwert. Geliebt und beliebt. Genauso sollte ein Wochenende beginnen. Ein Freitagabend voller Entspannung. Ausgeglichen und zufrieden war sie nach Hause getorkelt, in ihr Bett gefallen und schnell in einen tiefen und traumlosen Schlaf getaucht.

Doch jetzt drohte ihr Kopf zu zerspringen. Dieses Pochen und Hämmern machte sie schier wahnsinnig. Kalter Schweiß hatte sich von ihrer Stirn rasend schnell über ihren Rücken, ihr Brustbein, über die Arme auf ihrer gesamten Haut entlang geschlichen.

Eine Welle Übelkeit erfasste ihren Körper. Gerade noch rechtzeitig schaffte sie es ins Badezimmer, wo sie sich erbrach. Ein Schwall weingetränkter Galle platschte auf die Fliesen vor dem Klo. Und dann, noch einmal pumpte ihr Magen zähflüssigen, säuerlichen Weinschleim die Speiseröhre hinaus.

Als es endlich vorbei war, blickte sie in die blutunterlaufenen Augen, schwarzgerändert, ihres Spiegelbildes.

Warum nur hatte sie schon wieder so viel getrunken? Warum konnte sie nicht aufhören, kein Ende finden?

Sie brauchte etwas, um ihren Magen zu beruhigen. Auf wackligen Beinen tappte sie ins Wohnzimmer, öffnete den Barschrank. Ein Magenbitter wäre jetzt genau das Richtige. Doch – sie zuckte zusammen. Nichts. Sämtliche Flaschen waren weg. Nicht leer, sondern weg. Sie überlegte, konnte sich jedoch nicht erinnern, an nichts.

Fahrig begann sie ihre Suche: Unter der Spüle in der Küche, hinter dem Bügelbrett im Spind, im Wäscheschrank im Schlafzimmer, neben dem Mülleimer, wieder in der Küche. Sie suchte unkontrolliert, hektisch, nervös. Und ihre Nervosität wuchs, je öfter sie erfolglos war. Nichts! Hastig griff sie nach ihrem Mantel, zog ihn über das verschmutzte Nachthemd, schlüpfte in ihre Schuhe und schnappte sich ihr Portemonnaie und die Haustürschlüssel. Die Tankstelle an der Ecke, war ihr einziger Gedanke.

„Na, Frau Behner. Brauchen Sie Nachschub?"

Sie wurde dunkelrot. Am liebsten wäre sie in einem riesigen Erdloch verschwunden. Sich in Luft auflösen, das wäre es. Sie war sich nicht sicher, ob der Tankstellenmensch einfach nur freundlich sein wollte, oder sich über sie lustig machte.

„Eine Flasche Wodka und zwei Jägermeister … bitte", flüsterte sie. Während sich der Tankstellenmensch umdrehte, schob sie unbemerkt, ganz schnell, zwei kleine Fläschchen Schnaps, die so einladend an der Kasse standen, in ihre Manteltasche. Das hast du verdient, dachte sie bitter, bezahlte und eilte hinaus.

~~~

Woher kam nur diese Stimme? Leise, wie durch Nebel, aber doch eindringlich. Warum ließ man sie nicht einfach in Ruhe? Und – wo war sie überhaupt?

„Frau Behner, hören Sie mich?"

Langsam öffnete sie die Augen. Es kostete so viel Kraft, die Lider zu bewegen. Umso schwerer fiel es ihr, da sie gar nicht in diese Welt mit all den Anforderungen und Fragen zurückkehren wollte.

Es stank nach Erbrochenem und nach Urin, was selbst der scharfe Geruch eines Desinfektionsmittels nicht überdecken konnte.

„Frau Behner, können Sie mir sagen, welchen Tag wir heute haben?"

Was für eine Frage! Montag? Mittwoch? Donnerstag? Eigentlich war es ihr vollkommen egal. Schlafen. Sie wollte nur noch schlafen. Ihre Lider begannen zu flattern. Nur noch die Augen schließen. Müde.

„Die Müdigkeit ist nach so einem Grand Mal völlig normal. Lassen wir sie schlafen."

Langsam schloss sich die Tür des Aufzuges, der sich ruckelnd abwärts bewegte. Sie hatte das Gefühl, dass es eine Ewigkeit dauerte, bis sie endlich ihr nicht selbst erwähltes Ziel erreichte. Als es endlich soweit war, stapfte sie voller Ekel über einen Teppich von Käfern, Spinnen, Würmern und anderem Getier bis zu einem Verließ, in dem sie an Betten gegurtete Menschen vorfand. Verzweifelt versuchte sie, diese Menschen zu befreien, doch so sehr sie sich auch abmühte, es gelang ihr nicht. Der Raum war erfüllt von Schreien und Stöhnen der Verzweifelten und sie wusste nicht, was sie tun sollte. Panik ergriff sie. Was wäre, wenn sie diesem grauenvollen Ort nicht entfliehen konnte? Was, wenn sie diesen Menschen nicht helfen konnte? Was geschähe mit ihnen? Was geschieht mit ihr? Was war das für ein Ort? Was wollte man von ihr? Da, jemand griff kraftvoll nach ihren Handgelenken. Jetzt wurde auch sie an ein Bett gefesselt. Sie schrie. Und schrie. Sie konnte einfach nicht mehr aufhören zu schreien.

„Frau Behner, so beruhigen Sie sich doch."

Beruhigen? Was hatten diese Leute mit ihr vor?

„Delir hat eingesetzt. Wir müssen sie sedieren. Sie hält es sonst kaum aus."

Sie spürte die Injektion. Die Nadel, die abrutschte. Blut lief ihr den Arm hinab. Und sie schrie. Dann wurde es dunkel.

~~~

„Mein Name ist Monika. Ich bin Alkoholikerin."

„Hallo Monika. Herzlich Willkommen." Zwei Dutzend Augenpaare musterten sie neugierig.

„Magst du uns etwas über dich erzählen?"

Verlegen begann sie – zunächst stockend – dann immer flüssiger. Wie gut es tat, ihre Geschichte einmal zu erzählen. Einmal das Gefühl zu haben, jemand zu sein. Ernst genommen zu werden.

„Alkohol hat mich mein ganzes Leben begleitet. Aber in den letzten zehn Jahren war er mein bester Freund. Mein treuester Gefährte. Nie ließ er mich im Stich. Er verlieh mir Selbstsicherheit, unterstützte mich bei allem, was ich tat, was ich war. Irgendwann, ich weiß nicht mehr genau, wann es war, merkte ich aber, dass er nur heimtückisch darauf lauerte, mir seinen Willen aufzuzwingen. Doch da war es schon zu spät. Ich war ihm vollkommen erlegen. Irgendwo, tief in mir, wusste ich, dass es so war. Aber ich wollte es nicht wahrhaben. Ich dachte immer, ich könnte auch ohne ihn auskommen, wenn ich nur wollte. In diesen Momenten entsorgte ich alle Vorräte, die ich zu Hause deponiert hatte. Ich sagte mir, dass ich feiern gehen könnte, aber zu Hause sollte alkoholfreie Zone sein. Doch es klappte nie. Wenn ich in solchen Nächten nach Hause kam, durchsuchte ich die ganze Wohnung, hatte meinen Freund in Verdacht. Er hat schließlich einen Schlüssel zur Wohnung. Manchmal stellte ich mir auch Einbrecher vor, die nur zu mir nach Hause kamen, um meine Vorräte auszutrinken. Ich war Stammkundin an der Tankstelle um die Ecke. Doch dann, vor etwa vier Wochen, hatte ich einen Zusammenbruch. Draußen, vor der Tankstelle. Ich hatte mir gerade mal wieder Nachschub besorgt. Ich kam ins Krankenhaus. Meine Leberwerte waren gefährlich hoch und man sagte mir offen ins Gesicht, dass ich Alkoholikerin sei. Am selben Abend noch begannen die ersten Entzugserscheinungen."

Um sie herum wurde wissend genickt. Nein, über den Entzug musste sie nichts erzählen. Diese Menschen hier wussten genau, wovon sie sprach.

„Als es endlich vorbei war, war ich noch drei Wochen in der geschlossenen Abteilung für Suchtkranke. Seit zwei Tagen bin ich wieder zu Hause. Wenn ich getrunken hatte, war alles leicht und selbstverständlich. Aber jetzt … Es kostet alles so unendlich viel Kraft."

Niemand sprach ein Wort. Was erwartete man von ihr? Schließlich bedankte sie sich leise. Applaus.

Mit der Telefonnummer von Michaela, ihrer Mentorin, und mit aufwühlenden Gefühlen verließ sie eine gute Stunde später das Treffen der Selbsthilfegruppe.

~~~

Es war bereits dunkel, als sie sich auf den Weg nach Hause machte. Doch die Geschäftsstraße leuchtete in bunten Farben vor ihr. Reklameschilder blinkten und luden zum Eintreten in die verschiedenen Etablissements ein. Bars und Kneipen begannen sich mit Menschen zu füllen, die nach Geschäftsschluss noch eine Kleinigkeit essen oder einen Drink zu sich nehmen wollten. Unsicher setzte sie einen Fuß vor den anderen. Wie lange war es her, dass sie diese Strecke im nüchternen Zustand zurückgelegt hatte?

Da war das kleine Spirituosengeschäft, in dem sie lange Stammkundin gewesen war. In dem man sie mit Namen begrüßte. Bis sie eines Tages beim Stehlen erwischt wurde. Hausverbot.

Als sie an den Auslagen im Schaufenster vorbeiging, schloss sie für einen Augenblick die Augen.

Eine Straßenecke weiter saß ein Obdachloser, döste vor sich hin und hielt dabei krampfhaft eine Flasche mit billigem Fusel fest, gerade so, als fürchte er, dass man ihm den einzigen Schutz gegen die nächtliche Kälte entreißen könnte. Speichel tropfte aus seinem Mund auf die Hose mit dem verdächtigen dunklen Fleck im Schritt.

Doch all das nahm sie nur aus weiter Ferne wahr. Die Flasche in der Hand des Mannes forderte ihre gesamte Aufmerksamkeit.

Sie riss sich zusammen. Ging weiter. Schritt für Schritt. Doch sie spürte immer stärker den Aufzug in sich, der sie in die Tiefe führen wollte. Nur nicht stehen bleiben.

Nur ein kurzes Stück weiter erreichte sie die Bushaltestelle, an der sich immer wieder Nachtschwärmer trafen, sich für eine alkoholreiche Nacht verabredeten. In dem Moment hielt ein Bus und spuckte eine Gruppe junger Leute aus, die mit Bierflaschen in den Händen grölend die Amüsiermeile der Stadt begrüßten. Aber einer der jungen Männer trank Wodka. Wie gebannt beobachtete sie, wie er die Flasche an den Mund führte und mehrere kräftige Schlucke nahm. Sie konnte den Blick nicht von diesem Bild abwenden. Wie befreiend war doch die Wirkung des Alkohols gewesen. Sie merkte ganz deutlich, wie sich immer mehr ihre Wahrnehmung veränderte.

Ihre Schritte wurden schneller, immer schneller, bis sie schließlich rannte. Endlich, außer Atem und mit schweißnassen Haaren passierte sie die Tankstelle. Ihre Tankstelle. Nur weiter. Nur Mut.

~~~

„Wo bleibst du denn so lange? Sag bloß, du hast wieder…"

„Nein, hab' ich nicht." Ihre Stimme klang verzweifelt, als sie ihn unterbrach. Diese ständigen Vorwürfe, dieses Misstrauen. Ja, sie hatte es nicht anders verdient. Und doch konnte sie es kaum ertragen.

„Was ist passiert?"

„Nichts."

„Nichts? Du machst aber nicht den Eindruck, als ob nichts passiert sei. Also?"

„Es war okay. Aber es kostet so viel … so viel Kraft."

„Tja, so ist es wohl. Aber was willst du eigentlich? Das Schlimmste hast du doch geschafft."

„Das Schlimmste? Du hast ja keine Ahnung. Das Schlimmste geschieht jetzt. Der Entzug war nichts dagegen."

Er sah sie verständnislos an. Wie immer. Sein rechter Mundwinkel zog sich leicht nach oben. Er war auf Streit aus. Wie immer. Sie wartete auf die Vorwürfe, die er wie Geschosse auf sie abfeuerte. Wie immer.

„Und? Suchst du wieder nach Ausreden, damit du wieder saufen kannst? Lügengeschichten erzählen, Ausreden erfinden – darin bist du doch besonders groß."

„Es wundert mich gar nicht, dass du so etwas sagst. Du hast mir doch noch nie nur irgendetwas zugetraut."

Er lachte höhnisch. „Was soll ich dir auch schon zutrauen? Der Griff zur Flasche war doch jedes Mal das Ergebnis. Und darin bist du wirklich gut."

„Ach, leck mich doch." Wütend und verletzt lief sie ins Badezimmer, schloss sich ein und stellte die Dusche an.

„Ja, lauf nur weg. Das ist alles, was du kannst", hörte sie ihn schimpfen. Sie stellte das Radio im Bad an, damit sie ihn nicht hören musste. Ihre Hände begannen zu zittern. Schweißperlen bildeten sich auf ihrer Stirn. Nur ein Schluck …

Unwirsch schüttelte sie den Gedanken von sich, stieg in die Dusche und genoss das beruhigende Gefühl des warmen Wassers. Sie fühlte, wie der Verstand wieder einsetzte und alles wurde plötzlich ganz klar.

Sie wickelte sich in ihren Bademantel und ging ins Wohnzimmer. Robert hatte es sich mit der Fernbedienung auf dem Sofa bequem gemacht. Vor ihm stand eine Flasche Bier.

„Robert, ich habe einen Entschluss gefasst."

„Ach. Willst du ausgehen und dich amüsieren? Oder nur zur Tanke um die Ecke?" Er grinste sie böse an.

Ruhig sah sie den Mann an, den sie glaubte zu kennen. Doch sie sah nur einen Fremden. Jemanden, den sie noch nicht einmal sympathisch finden konnte.

„Ich will, dass du gehst. Sofort! Und ich will, dass du nie wieder kommst."

Er sah sie verblüfft an. Sprachlos.

„Für mich fängt ein neues Leben an. Ohne Alkohol. Und ohne dich. Mit dir schaffe ich es nicht."

„Du schaffst es auch so nicht. Aber wie du willst. Bin sowieso verabredet Zwischen uns lief ja schon lange nichts mehr. Da habe …."

„Gib' mir einfach nur meinen Schlüssel."

Ohne ein Wort gab er ihr den Schlüssel, nahm seine Jacke von der Garderobe und ging. Aus der Wohnung. Aus ihrem Leben.

Sie leerte die Flasche Bier im Ausguss und griff zum Telefon.

„Michaela? Hier ist Monika. Können wir reden?"

Du gehörst mir

Wie war sie nur hierhergekommen? Barfuß und nur mit einem Nachthemd bekleidet. Verwirrt sah sie sich um.

Im Schein flackernder Fackeln, die in Stein geschlagenen Halterungen steckten, mussten sich ihre Augen zunächst an dieses gelblich dumpfe Licht gewöhnen. Es schien, also ob sie sich in einer Art Höhle befand, von deren Felswänden langsam aber beständig Flüssigkeit rann und die modrige Luft noch ein wenig schwerer werden ließ.

Sie fröstelte und versuchte sich zu wärmen, indem sie ihre Arme um sich schlang. Doch es gelang ihr nicht, denn ihre nackten Füße nahmen ununterbrochen die eisige Kälte des Gesteins auf. Was war nur geschehen?

Ihr Blick fiel auf eine Decke in der Mitte des Raums - schmutzig und doch erkennbar, dass sie früher einmal rot und flauschig gewesen sein musste. Irgendwie kam sie ihr bekannt vor. Als sie einen Schritt darauf zu machte, war ihr, als ob eine kalte Hand ihr rechtes Fußgelenk fest umschlossen hielt - Eisen rasselte. Entsetzen stieg in ihr auf. Meine Güte! Sie war angekettet! Voller Panik erwachte sie aus ihrer Verwirrung, griff nach der Kette, zerrte daran, schrie und weinte, bis sie erschöpft auf ihre Knie sank. Wenn sie sich doch nur erinnern könnte...

Nach einer Weile stand sie auf, um sich die Decke zu holen. Sie musste unbedingt ihre Füße wärmen, die sie kaum noch spürte. Als sie sich erhob, hörte sie ein Rascheln hinter sich. Sie blickte sich um, konnte jedoch nichts erkennen, was dieses Geräusch verursacht haben könnte. Da - da war es wieder. Systematisch tastete sie mit ihren Blicken ihr Gefängnis ab. Etwas huschte an der Wand entlang. Als sie näher hinsah, erkannte sie die Ursache des Raschelns. Es war eine Ratte. Wieder verspürte sie dieses Gefühl der Panik in sich aufkeimen. Doch dann kam ihr ein Gedanke. Wenn die Ratte hierher gefunden hatte, musst es einen Ausgang geben. Aber wo war er? Nirgends konnte sie eine Tür, eine Klappe oder ähnliches entdecken. Und selbst wenn ... sie war doch schließlich und endlich angekettet. Eine Welle von Übelkeit rollte durch ihren Körper und sie versuchte, ruhig und gleichmäßig zu atmen. Ihr Blick wanderte über die feuchten Felswände nach oben. Über ihr konnte sie den Mond sehen. Den Mond? Also war es doch keine Höhle. Eine Felsspalte vielleicht. Oder ein stillgelegter Brunnen. In einer schwindelerregenden Höhe konnte sie eine Querstange erkennen, an der eine Art Korb befestigt war, der leicht hin und her schaukelte.

„Hallo? ... Hört mich jemand? ... HALLOOOO ... HILFEEE ..." Sie schrie aus Leibeskräften und versuchte, irgendwen dort draußen auf sich aufmerksam zu machen. Doch sie war nicht sicher, dass dort oben, mitten in der Nacht, überhaupt jemand ihre kläglichen Rufe hören würde. Nach einer Weile gab sie auf. Alle Kraft war von ihr gewichen. Erschöpft ließ sie sich auf die Decke sinken. Heiße Tränen liefen über ihr Gesicht. Kurz darauf fiel sie in einen unruhigen Schlaf.

Ein dumpfer Krach schreckte sie auf. Ein Blick nach oben verriet ihr, dass die Nacht vorüber war. Aber noch etwas hatte sich verändert: Der Korb hing nicht mehr an der Querstange über der Öffnung zur Freiheit. Stattdessen sah sie ein Seil, dass zu ihr herunter gelassen worden war. Als sie sich umschaute, entdeckte sie den Korb. Auf allen vieren kroch sie auf ihn zu und lüftete das karierte Küchentuch, welches den Inhalt bis zu diesem Zeitpunkt vor ihr verborgen hielt. Sie fand darin eine warme Jacke, ein Paar Socken, zwei Flaschen Wasser, mit ihrem Lieblingskäse belegte Brote, zwei Bananen und - unter all diesen Reichtümern - einen blauen, gefalteten Zettel. Sie öffnete ihn und las drei Worte, die ihr das Blut in den Adern gefrieren ließen: DU GEHÖRST MIR!

Ihr Atem stockte. Die Schrift kam ihr bekannt vor, da war sie sich sicher. Aber so sehr sie sich auch anstrengte, sie konnte sie niemanden zuordnen. Es waren einfach zu wenige Worte, zu wenig Anhaltspunkte. Kaum hatte sie den Korb geleert, bewegte er sich auch schon wieder nach oben.

„HALLOOO ... Wer ist denn da? ... Verdammt noch mal, hol' mich hier raus ... Du verdammtes Schwein ...

was willst du von mir ... ICH WILL HIER RAUS ...",
schrie sie verzweifelt, doch niemand antwortete.

„Du sollst mich endlich hier rauslassen ..." Mittlerweile war sie so hysterisch, dass sich ihre Stimme überschlug. Sie konnte einfach nicht mehr aufhören zu schreien.

„Es ist alles gut ... Hörst du, Nadja ... so beruhige dich doch ..."

Als sie ihre Augen öffnete wusste sie zunächst nicht, wo sie war. Ihr Gesicht war nass von ihren Tränen, in ihrem Kopf hämmerte ein fast unerträglicher Schmerz. Dann erkannte sie Bernd, der sie besorgt beobachtete.

„Du hast schlecht geträumt", beruhigte er sie und breitete ihre rote Kuscheldecke über ihr aus.

Wortlos drehte sie sich zur Seite und mit einem Mal wusste sie, was sie tun musste.

„Ich werde dich verlassen, Bernd."

Tauwetter

Ein Herz aus Stein tut nicht weh. Aber wenn das Herz gefriert und die Kälte durch den Körper schleicht, dann ist der Schmerz unerträglich.

Rieke saß wie jeden Tag der letzten Wochen in dem verschlissenen grünen Sessel am Fenster ihres Zimmers und starrte mit leerem Blick in die Parkanlage der Klinik. Schnee hatte die kahlen Äste der Bäume und Sträucher bedeckt und es schien, als ob er die Natur vor Väterchen Frost schützen wollte.

„Es wird bald dunkel, Frau Limbach. Möchten Sie noch ein wenig am Fenster sitzen bleiben?" Rieke hörte die Stimme der Pflegerin und doch verstand sie den Sinn der Worte nicht. Doch das konnten die Menschen um Rieke herum nicht wissen. Sie konnten nicht erahnen, wie sehr in ihrem Inneren die Eiszeit tobte.

„Ich werde später noch einmal nach Ihnen sehen. Genießen Sie noch etwas die Winterlandschaft."

Später. Für Rieke gab es kein später. Nur das Hier und Jetzt. Und den Schmerz. Und die Kälte, die es ihr unmöglich machte, sich zu bewegen.

Bald schon würde es dunkel sein. Mit der herannahenden Nacht sanken die Temperaturen. Lautlos tanzten Schneeflocken ihren Reigen zu einer Musik, die nur sie allein kannten. Manche von ihnen setzten sich auf das Fenster, erstarrten zu kunstvollen Eisblumen, in ihrer Schönheit kaum übertrefflich. Aber all das nahm Rieke nicht wahr.

„So, Frau Limbach, Zeit für Ihre Tabletten, damit Sie gut schlafen können."

Willenlos schluckte Rieke die beiden kleinen rosa Pillen und ließ sich anschließend zum Bett führen. Kaum war sie zugedeckt, fiel sie schon in einen unruhigen Schlaf. Sie sah Thomas lächelnd vor sich stehen und spürte, wie er behutsam eine Haarsträhne aus ihrem Gesicht strich.

„Sei tapfer mein Engel, du sollst glücklich sein und das Leben genießen. Lass mich gehen, sonst zerbrichst du."

Jede Nacht sprach Thomas zu ihr. So waren wenigstens die Nächte erträglich. Denn dann konnte sie ihn sehen, hören und manchmal auch spüren. Doch wenn er von ihr verlangte, ihn gehen zu lassen, wachte sie trotzig auf. Nein. Lieber den Schmerz und die Kälte spüren, als Thomas ganz zu verlieren.

Die Tage würden länger und Väterchen Frost schwächer. Nachts bäumte er sich auf, doch am Tage war er durch seine nächtlichen Verausgabungen den neu geborenen Sonnenstrahlen unterlegen.

Es war der 25. Februar, Riekes vierunddreißigster Geburtstag. Auch in dieser Nacht hatte Thomas sie besucht.

Doch dieses Mal hatte er lange geschwiegen, sie forschend beobachtet und ihre Haarsträhne, die über ihr rechtes Auge fiel, nicht beachtet. Panik hatte sie ergriffen, als sie seinen entschlossenen Blick bemerkte.

„Rieke, spürst du mich nicht? Fühlst du nicht die Wärme in dir? Ich werde immer bei dir sein, in deinem Herzen, in deiner Erinnerung. Immer werde ich ein Teil deines Lebens sein. Aber das geht nur, wenn du das Leben zulässt", hatte er auf sie eingeredet, so lange, bis sie von einem fröhlichen „Guten Morgen, Frau Limbach" geweckt wurde.

Nun saß sie wieder wie jeden Tag der letzten Wochen in dem verschlissenen grünen Sessel am Fenster ihres Zimmers und starrte mit leerem Blick in die Parkanlage der Klinik. Aber irgendetwas hatte sich verändert. Plötzlich spürte sie Thomas Wärme. Tränen liefen über ihr Gesicht. Immer heftiger weinte sie. Durch den Tränenschleier erkannte sie, dass sich an ihrem Fenster die Schneeflocken in Wassertropfen verwandelten. Und sie spürte, dass Thomas Wärme ihr gefrorenes Herz berührte.

Tauwetter hatte eingesetzt ...

Hermanns letzte Reise

Das Erste, was Hermann sah, als er zu sich kam, waren Lichtblitze. Das kam ihm seltsam vor, hatte er doch seine Augen geschlossen. Dessen war er sich sicher. Nein, er wollte noch nicht wach werden. Schlafen wollte er, nur schlafen.

Es dauerte eine Weile, bis er bemerkte, dass er nicht daheim in seinem Bett lag. Dafür war es zu kalt. Zu unbequem. Langsam öffnete er die Augen. Ein Käfer, schwarz mit gelben Flecken, wich gerade seiner Hand aus, die neben seinem Gesicht zu einer Faust geballt, auf staubigem Kopfsteinpflaster lag. Er sah Ameisen, die sich ihren Weg durch die Fugen der Pflastersteine bahnten. Sie kamen Hermann sehr groß vor. Was für ein merkwürdiger Traum.

Der Geruch von Kohl und Fisch hing in der Luft. Gleich würde seine Mutter ihn zum Essen rufen. Dabei hatte er die Insekten noch nicht ausreichend beobachtet. Barrieren wollte er bauen, einen See und auch eine Graslandschaft, um das Verhalten der Tiere zu erforschen. Eines Tages würde er ein großer Forscher sein. Der weltberühmte Hermann Niederzier, Insektenspezialist.

„Hermann … essen …"

Ganz deutlich hörte er die Stimme seiner Mutter. Er versuchte aufzustehen, doch er konnte seine Beine nicht bewegen. Die Faust, die er vor sich sah, verkrampfte, sodass die Knöchel weiß hervortraten. Die blutigen Schürfwunden auf ihnen kamen auf diese Weise ganz deutlich zur Geltung. Woher kamen sie? Er betrachtete seine Faust, die manchen Gegner außer Gefecht gesetzt hatte. Doch wer war heute sein Gegner gewesen? Wer hatte ihn niedergestreckt? David … Ob er sich wieder mit David gestritten hatte?

„Du wirst mich nie besiegen können. Ich bin einfach besser als du." David funkelte ihn zornig an.

„Pah, du bist nur ein Jude. Du kannst nicht besser sein als ich."

„Das sagst du nicht noch einmal."

„Du … kannst … nicht … besser … sein … als … ich." Hermann grinste David herausfordernd an. Doch David war schnell. Sehr schnell. Hermann hatte die Faust nicht kommen sehen, die schmerzhaft unter sein linkes Auge prallte. Doch er verzog keine Miene.

„Du gibst mir sofort meine Murmeln zurück."

„Nein, ich habe sie gewonnen."

„Du kannst nicht gewinnen. Du bist Jude."

„Hast du immer noch nicht genug?"

„Wie sollen wir weiter spielen, wenn ich keine Murmeln mehr habe?"

„Ich hätte sie dir gegeben, wenn du mich nicht immer Jude nennen würdest."

„Aber du bist Jude."

„Und ich bin besser als du."

„Bist du nicht."

„Doch."

„David Goldblum. Gib' mir meine Murmeln zurück. Du weißt, dass ich Ärger bekomme. Schlimmstenfalls Hausarrest. Und dann kann ich morgen nicht mit dir zum Marktplatz gehen."

David strich seine braunen Locken aus der Stirn, wie er es immer tat, wenn er nachdachte. Dann reichte er Hermann die Hand.

„Freunde?", fragte er.

„Für immer", antwortete Hermann.

Hermann lächelte. David wollte ihn bestimmt nicht ernsthaft verletzen. Doch wo war er? Sie hatten sich immer wieder versöhnt. Nach jedem Streit, nach jeder Rauferei.

Hermann fror. Nur wenig Sonnenlicht erreichte die Gasse. Feuchtigkeit kroch in seine Glieder. Ein leichter Windzug ließ ihn schaudern. Er spürte, wie sich sein Unterleib verkrampfte und mit einem Mal wurde ihm bewusst, dass er eingenässt hatte. Äußerst unangenehm. Er hoffte sehr, dass es niemand bemerken würde. Doch wer sollte etwas bemerken? Niemand war zu sehen. Die quadratischen Fenster der Häuser, akkurat aneinandergereiht, umrahmt von morbidem Mauerwerk, von dem unablässig zu Staub zerfallener Putz auf die Pflastersteine der Gasse rieselte, ließen nicht erkennen, wer oder was sich hinter ihnen verbarg.

Aber dann erinnerte er sich an den angewiderten Blick von Frau Seelhoff, die immer als Erste im Keller war. Hermann hatte sich schon oft gefragt, ob sie dort wohnte und nicht wie alle anderen Nachbarn ihr Handgepäck griff und sich auf den Weg machte, sobald der Fliegeralarm ertönte. An diesem Tag wollten die Angriffe, der ständige Beschuss einfach nicht enden. Bei jedem Einschlag vibrierten die Wände, Staub und Sand rieselte von der Decke und das Licht erlosch. Hermann hatte Angst. Große Angst. Dieser Holzverschlag in ihrer Gasse, ein provisorischer Schutz, konnte er standhalten? Er schämte sich so sehr, nicht nur wegen seines nassen Hosenbodens. Nein, auch dafür, dass er nie einen Gedanken an David verschwendet hatte, der nie im Luftschutzkeller war. Und doch tauchte er nach den Angriffen immer wieder auf. Zumindest anfangs. Nachher nicht mehr.

Ich muss versuchen, aufzustehen, dachte Hermann und bewegte vorsichtig zuerst seine Beine. Als das nicht funktionierte, versuchte er es mit seinen Füßen. Doch es war vergebens. Ihm fehlte einfach die Kraft. Lieselotte würde ihm schon helfen. Seine Lieselotte. Ganz deutlich sah er sie vor sich. Mit ihren langen blonden Zöpfen und den derben Schuhen, die mindestens zwei Nummern zu groß für ihre kleinen Füße waren. Verschmitzt lächelte sie ihn an. Dabei zog sie ein wenig ihre Nase kraus und hübsche Grübchen bildeten sich auf ihren Wangen. Es war Liebe auf den ersten Blick gewesen. Und David war bald vergessen. David, der irgendwann verschwunden war.

„Liesel", wollte Hermann rufen, doch seine Lungen hatten nicht genügend Kraft.

„Liesel", wiederholte er flüsternd.

„Hermann, stell' dir vor, nach all den Jahren …", Lieselotte schwenkte einen Briefumschlag und strahlte über das ganze Gesicht. Die Fältchen um ihre Augen brachten sie noch mehr zum Strahlen.

„Wer hätte das gedacht … Nun mach ihn schon auf."

Es war tatsächlich ein Brief von David. Aus Israel. Er hatte überlebt. Hermann konnte es nicht fassen. Mit zittrigen Händen riss er den Umschlag auf und verschlang die Worte, die David mit seiner schwungvollen Handschrift geschrieben hatte. Wie gut, dass sie ihrer alten Gasse treu geblieben waren. Sonst hätte David ihn womöglich nie gefunden.

David. Jetzt erinnerte sich Hermann. Er wollte David vom Bahnhof abholen. Er musste versuchen aufzustehen. Oder Hilfe herbeirufen.

Hilfe rufen. Das war das Einzige gewesen, was er für Lieselotte noch tun konnte. Er konnte ihr nicht die Schmerzen nehmen. Er konnte nur für sie da sein. Und Hilfe rufen. Die kam allerdings zu spät. Das Herz war zu schwach. Wie sollte er nur ohne sie leben? Seine Lieselotte, mit der er fast sein ganzes Leben verbracht hatte. Warum konnte er sich nicht mehr an die Trauerfeier erinnern? Weiße Lilien. Die hatte sie so sehr geliebt. Er ahnte, dass er sie bald wiedersehen würde. Bald. Sehr bald.

„Hermann … was ist passiert?" Jemand beugte sich über ihn. Nahm ihm die Sicht auf diesen Steinplattenweg, auf den Käfer, auf die Ameisen, auf das Kopfsteinpflaster. Dieser Jemand nahm ihm den Blick auf die Gasse. Eine Decke wurde über ihn ausgebreitet.

„Hermann … hörst du mich? Hilfe ist unterwegs."

„Nein, David", flüsterte Hermann. Und noch einmal: „Nein."

Dann schloss sich eine unsichtbare kräftige Hand um sein Herz. Immer fester, immer mehr und nahm ihm die Luft zum Atmen. Aber so war es gut.

Brief in Pink

Feddersen liebte grau. Seine Kleidung, seine Möbel, seine Haut und seine Haare waren genau so grau, wie sein Alltag. Aber Feddersen war zufrieden, ja, er war sogar glücklich.

Irritiert hielt er nun einen pinkfarbenen Umschlag in der Hand. Briefpapier in Pink! Verständnislos schüttelte er mit dem Kopf. Wer benutzte denn so etwas?

Eben noch war die Welt in Ordnung gewesen. Pünktlich um 17.30 Uhr hatte er das Büro verlassen, um drei Minuten später mit dem Bus nach Hause zu fahren. Nach den üblichen Floskeln über das Wetter mit dem Busfahrer Willi, der schon seit Jahren die Linie 60 fuhr, war er froh gewesen, in die Stille und graue Behaglichkeit seiner Wohnung zu treten. Schnell noch den Briefkasten leeren – und dann das! Pink! Wer mochte ihm auf solchem geschmacklosen Briefpapier schreiben? Angewidert und mit spitzen Fingern öffnete er den Briefumschlag.

„Lieber Onkel", las er laut, „ich danke dir für die kleine finanzielle Unterstützung. So konnte ich mir endlich ein Auto kaufen, mit dem ich jetzt, nach meinem Abi, ein wenig Deutschland erkunden will. Da ich immer noch nicht genau weiß, wo ich studieren soll, nutze ich so die Gelegenheit, mir einige Städte und Universitäten anzuschauen. Ich habe vor, am kommenden Wochenende in

Köln zu sein. Es wäre schön, wenn du mir für die Nacht von Samstag auf Sonntag dein Sofa zur Verfügung stellen könntest. Bis dahin sei lieb gegrüßt – Nicole."

Feddersen wurde noch eine Spur grauer im Gesicht. Seine Nichte Nicole wollte bei ihm übernachten! Dieses bunte und laute Wesen würde sein Leben gehörig durcheinanderbringen. Natürlich liebte er seine Nichte, aber in seinem beschaulichen Reich wollte er sie denn dann doch nicht haben. Bei diesem Gedanken an das bevorstehende Chaos stieg Übelkeit in ihm hoch. Heute war Freitag. Morgen schon würde die Katastrophe eintreffen.

An ein Abendessen war jetzt nicht mehr zu denken. Der Gedanke an den morgigen Tag schnürte ihm die Kehle zu. Unruhig lief er in der Wohnung umher, einer Raubkatze hinter Gittern gleich. Er muss sie anrufen und absagen. Aber warum könnte er sie nicht empfangen? Wenn er nicht zu Hause wäre, hätte ihr Brief ihn nicht erreicht. Vielleicht sollte er sagen, dass er krank sei, eine ansteckende Krankheit haben. Nein, seit zwanzig Jahren war er nicht krank gewesen. Das würde ihm niemand glauben. Oder er hätte schon andere Übernachtungsgäste – nein, auch das war nicht glaubwürdig. Man kannte ihn zu gut und auch diese Ausrede würde man berechtigterweise anzweifeln. Feddersen seufzte. Er wollte zunächst eine Nacht darüber schlafen. Ergebnislos ging er zu Bett.

Feddersen schlief sehr schlecht in dieser Nacht. In den frühen Morgenstunden wachte er erschrocken auf. Sein Herz raste und sofort kreisten seine Gedanken wieder um den bevorstehenden Besuch seiner Nichte. Er hatte immer noch keine Lösung gefunden und er würde sich wohl mit der Situation abfinden müssen. Er kochte sich einen Kaffee in der Hoffnung, dass dieser seine Lebensgeister zurückholen würde.

Den Vormittag verbrachte er damit, seine Wohnung zu putzen und aufzuräumen. Diese routinierten Handgriffe, die jeden Samstagvormittag sein Leben bestimmten, beruhigten ihn ein wenig. Jedoch schaute er immer wieder auf die Uhr. Als er mit der Hausarbeit fertig war, ging er einkaufen. Wie er das hasste, nun für eine Person mehr die Mahlzeiten zu planen!

Am Nachmittag machte er einen langen Spaziergang und hoffte, Nicole würde in dieser Zeit vor seiner Tür stehen und – wenn sie merkte, dass er nicht zu Hause war – unverrichteter Dinge wieder gehen. Doch besonders zuversichtlich war er nicht. Ein Blick auf die Uhr sagte ihm, dass es nun Zeit für seinen Nachmittagstee war. Seufzend machte er sich wieder auf den Heimweg.

Als er die Haustür aufschloss, kam ihm Nicole im Treppenhaus entgegen.

„Hallo Onkelchen", begrüßte sie ihn stürmisch. Mürrisch erwiderte er ihren Gruß.

„Ich wollte nur schnell Hallo sagen. Stell' dir vor, ich habe einen Schulfreund getroffen, der hier ganz in der Nähe wohnt. Er hat mich für heute Abend zu einer Party eingeladen. Da darf ich natürlich nicht fehlen. Also, dass mit dem Sofa kannst du vergessen. Es wird spät werden und ich werde, wie die anderen auch, bei ihm übernachten. Sei nicht böse, ja?"

Feddersen konnte sein Glück nicht fassen. Sprachlos starrte er seine Nichte an.

„Ach, ich hab' noch ein Geschenk für dich. Damit du immer an mich denkst", plapperte sie munter weiter und drückte ihm mit diesen Worten ein Paket in die Hand.

„Mach's gut, Onkelchen. Ich meld' mich mal wieder." Schon machte sie sich auf den Weg.

„Viel Spaß auch", konnte Feddersen noch antworten und dann war sie verschwunden.

Verdutzt schaute er auf das Geschenk in seinen Händen. Vorsichtig öffnete er das Paket.

‚Wie nett', dachte er voller Dankbarkeit, dass das befürchtete Chaos nun ausbleiben würde.

Seit diesem Tag schmückte ein pinkfarbenes Plüschkissen seine graue Wohnung und jedes Mal, wenn Feddersen es sah, dachte er liebevoll an seine Nichte.

Kleider machen Leute?

Als die Neue den Raum betrat, waren die Reaktionen sehr unterschiedlich. Viele Augenbrauen wurden in die Höhe gezogen, ob nun anerkennend, missbilligend oder erstaunt. Viele Münder verzogen sich, ob nun entsetzt, angewidert oder amüsiert. Ja, die Reaktionen waren unterschiedlich. Aber reaktionslos war niemand.

Die grauen Anzüge und die wenigen musterlosen Kostüme in dezenten Farben rutschten unangenehm berührt auf ihren gepolsterten Stühlen umher. Erwartungsvolles Schweigen. Nach der ersten Musterung der neuen – ja, was eigentlich: Kollegin? … Chefin? … – hielten sie die Blicke auf manikürte Hände gesenkt.

"Guten Morgen zusammen. Mein Name ist Nele Schneider. Ich werde ab heute die Leitung Ihrer Abteilung übernehmen."

Lautes Schweigen: Wie hatte diese Person es geschafft, solch einen Posten zu bekommen? … Obwohl, so abwegig war das offensichtlich nicht. Frauen, die sich so kleideten, waren auch bereit für ihre Karriere die Beine breit zu machen. Ob der Alte wohl … ? Eigentlich wäre doch der Schulz mit einer Beförderung an der Reihe gewesen … In diesem Rock … oder ist es ein Gürtel? … darf sie sich wirklich nicht bücken … Hoffentlich bückt sie sich mal … Wie sie nur auf diesen Schuhen laufen kann? Das sind doch mindestens zwölf Zentimeter … Toller Spitzen-BH den sie da trägt … Ob sie einen kleinen Nebenjob ausübt und nun die Arbeitskleidung verwechselt hat? …

"Ich wäre Ihnen sehr verbunden, wenn Sie sich kurz vorstellen könnten." Ihr Blick fiel auf Herrn Brenker links neben ihr, der den Blick kaum von ihrem Ausschnitt lösen konnte. Stockend begann er …

Das Schweigen wurde lauter: Sie kann doch unmöglich in diesem Aufzug Verhandlungen führen … Nun ja, wahrscheinlich hat sie dabei ihre eigenen Methoden … Die legt es mit Sicherheit darauf an … nymphoman, mit Sicherheit … Wenn der Rock schon so kurz sein muss, warum dann aber ausgerechnet rot … kleine Schlampe …

"Wenn Sie sonst keine Fragen mehr haben, wünsche ich Ihnen einen erfolgreichen Arbeitstag. Auf gute Zusammenarbeit."

Es dauerte einen Moment, bis sich alle von ihren Plätzen erhoben.

"Ach … eins noch. Ich habe gehört, dass Sie im vergangenen Monat die meisten und lukrativsten Abschlüsse erzielt haben. Dies und meinen Einstand zum Anlass nehmend lade ich Sie herzlich zum Mittagessen beim Italiener um die Ecke ein. 12.30 Uhr? Also dann …"

Als sie hinausgingen, waren sie sich einig, dass sie eigentlich ganz nett sei.

Der Fahrscheinautomat

Wie lange ich bereits hier stehe, das weiß ich nicht. Fahrscheinautomaten haben kein Zeitgefühl. Aus diesem Grund muss die Uhrzeit, die auf die Fahrscheine gedruckt wird, immer wieder korrigiert werden. Uhrzeiten sind mir egal. Stehe ich doch zu jeder Tages- und Nachtzeit auf diesem gottverlassenen Bahnsteig. Viele Züge fahren hier nicht. Eine S-Bahnlinie und ein Regionalzug. Ansonsten irgendwelche Güterzüge, die eh nicht hier halten.

Menschen, die hier regelmäßig in eine S-Bahn oder in einen Zug steigen, beachten mich nicht. Ziemlich unhöflich, wie ich finde. Gerade sie sehen mich doch jeden Tag. Obwohl ... sehen sie mich wirklich? Nun ja, ist ja auch egal. Diejenigen, die mich mit Geld füttern, erhalten von mir einen entsprechenden Fahrschein. Doch meistens stellen sich diese Leute ziemlich unbeholfen an. Dabei sage ich ihnen doch Schritt für Schritt, was sie tun müssen. Aber nein - sie drücken wild und ungeduldig an mir herum. Manche reden auch mit mir. Allerdings könnten sie das auch sein lassen. Ich werde doch meistens nur wüst beschimpft.

Vor den Nächten fürchte ich mich am meisten. Es ist schon mehr als einmal vorgekommen, dass man mir Böses wollte. Mit Brechstangen und sonstigen gefährlichen Werkzeugen ist man mir zu Leibe gerückt. Aufgeschlitzt haben sie mich, in meinen Eingeweiden herumgewühlt, um das Geld in meinem Innern zu stehlen. Oft blieben meine Verletzungen tagelang unbemerkt, bis dieser freundliche Mensch kam, um mich zu reparieren. Da bin ich wahrlich kein Held. Sobald es dunkel wird, schließe ich meine Augen und hoffe auf eine ruhige Nacht.

Einmal musste ich einen Überfall erleben. Ich wollte Hilfe holen. Doch da wurde mir bewusst, dass ich mich nicht bewegen konnte. Regungslos stand ich da und konnte mich keinen Millimeter rühren. Hilflos musste ich mit ansehen, wie dieser junge Mensch von seinen Angreifern niedergeschlagen und ausgeraubt wurde. Nur gut, dass sie ihm nicht auch den Bauch aufgehebelt haben. Denn eines habe ich gelernt: Bei Menschen ist so eine Reparatur weitaus schwieriger als bei einem Fahrscheinautomaten.

Neulich hat ein Mensch die ganze Nacht zu meinen Füßen gelegen und seltsame Geräusche gemacht. Das war mir ein wenig unangenehm, aber irgendwie habe ich mich sicherer gefühlt. Nicht so allein. Und insgeheim hatte ich gehofft, dass er in der folgenden Nacht wiederkommen würde. Tat er aber nicht. Schade.

Nein, ich führe kein besonders schönes Leben, auch wenn das manch einer denkt. Ich beneide die Fahrscheinautomaten auf den großen Bahnhöfen. Die sind wenigstens nicht so alleine.

Aber ich bin in die Jahre gekommen. Es gibt bereits leistungsstärkere Automaten als mich. So kann ich darauf hoffen, dass ich bald abgelöst werde. Das wäre wirklich schön ...

Das wilde Tier in ihm

Fast geräuschlos glitt der letzte Nachtzug aus der Halle. Der Bahnsteig war leer, bis auf einen einzelnen Mann. Er hatte sich eine Zigarette angezündet und starrte dem Zug nach, dessen rote Schlusslichter rasch kleiner wurden. Die Bahnhofshalle war seit jeher der Ort, an dem er sich nach seinen jähzornigen Wutausbrüchen beruhigen konnte.

‚Was habe ich nur getan?', fragte er sich verzweifelt. Bei dem Gedanken an die letzten Stunden wurde ihm übel. Er lockerte seine Krawatte und öffnete den obersten Knopf seines Hemdes, um besser atmen zu können. Immer wieder sah er seine Frau mit blutverschmiertem Gesicht vor sich auf dem Küchenboden liegen, leise vor sich hin wimmernd und ängstlich darauf bedacht, ihn durch ihr Weinen nicht noch wütender zu machen.

Er hatte schon wieder zugeschlagen. Gnadenlos und brutal hatte er mit seinen Fäusten in ihren Magen, auf ihre Brust, ihren Rücken und in ihr Gesicht geprügelt. Seine Fingerknöchel schmerzten, als er seine Zigarettenkippe auf die Bahngleise schnippte. Warum nur war er so zornig geworden? Was war passiert? Er konnte sich nur verschwommen erinnern. Schwerfällig ließ er sich auf eine Bank fallen, stützte sich mit den Ellbogen auf die Knie und vergrub sein Gesicht in den Händen.

Auf dem Gleis gegenüber rollte langsam ein ICE ein, bis er laut quietschend bremste und schließlich stehen blieb. Die Türen gingen auf, vereinzelte Menschen strömten hinaus und machten sich sofort auf den Weg zur Treppe, die zum Ausgang des Bahnhofs führt. Kofferrollen, hektische Schritte, entfernte Bremsgeräusche, eine Lautsprecherdurchsage … all das klang nach Abschied, nach Verlassen, nach verlassen werden.

Bald schon war der Mann wieder alleine auf dem Bahnsteig. Mit zittrigen Händen zog er ein Päckchen Marlboro aus der Innentasche seines Jacketts und zündete sich noch eine Zigarette an. Tief inhalierte er den Rauch und versuchte die Ereignisse der vergangenen Stunden zu ordnen. Doch es wollte ihm nicht gelingen. Einzelne Bilder blitzten durch seinen Kopf, zusammenhanglos und doch so erschreckend. Blut. Chaos. Scherben. Seine wunderbare Lissy, geschunden. Zerbrochen.

Tränen rannen über sein Gesicht, doch er merkte es nicht. Warum hatte er nicht die Kraft, dieses wilde Tier in ihm zurück zu halten?

Wieder schnippte er die Kippe auf die Gleise um sich sofort eine neue Zigarette anzuzünden. Dabei betrachtete er seine Hände. Kräftig, sehnig, mit Schürfwunden auf den Hand- und Fingerknöcheln. ‚So kann es nicht weiter gehen. Irgendwann werde ich sie umbringen', dachte er. Der Geschmack von Nikotin und Magensäure ekelte ihn.

Langsam zog er sein Handy aus der Hosentasche und wählte seine Nummer.

„Ja?", meldete sich eine dünne Stimme.

„Lissy …"

Sie antwortete nicht.

„Lissy … es tut mir leid." Er fing an zu weinen. „Es tut mir so leid …"

Keine Antwort.

„Lissy … bitte …bitte verzeih' mir."

Sie antwortete immer noch nicht. In seiner Vorstellung sah er seine Frau mit geschwollenem Gesicht und aufgeplatzten Lippen den Telefonhörer halten.

„Lissy … sag' doch was …"

Er hörte sie leise weinen. Doch sie antwortete nicht.

„Ich liebe dich", sagte er leise und dann schaltete er das Handy aus.

Die Dämmerung kündigte den Morgen an. In der Ferne hörte er bereits den ersten ICE, der seinen Weg nach Würzburg fortsetzen würde, ohne hier an diesem Bahnhof zu halten. Zu oft hatte er hier die Nächte verbracht, so dass er die Züge wie alte Bekannte erwartete und begrüßen konnte. Langsam, ganz langsam, stand er auf und ging auf die Bahngleise zu. Er sah den Zug herannahen, dessen weiße Lichter rasch größer wurden. In diesem Licht glaubte er Lissy zu erkennen, seine Lissy in früheren Zeiten. Lachend. Scherzend. Glücklich.

Der Zug drosselte sein Tempo. Der Mann machte einen weiteren Schritt auf die Gleise zu. Er schloss die Augen. Das Kreischen der Bremsen hörte er nicht mehr.

Mord im Büro

Murmelnd standen die drei Angestellten vor dem Büro ihres Chefs, als Kommissar Mühlenkamp die Leiche des 54-jährigen Hermann Lux in Augenschein nahm. Lux war ein erfolgreicher Architekt mit einem sehr guten fachlichen sowie einem ebenso miserablen persönlichen Ruf gewesen. Und nun war er tot. Mit geöffnetem Hemdkragen und gelockerter Krawatte saß er in seinem Bürosessel, sein Gesicht schmerzverzerrt und blau angelaufen. Auf dem Fußboden um ihn herum verteilten sich kleine weiße Pillen, die aller Wahrscheinlichkeit nach zu dem Glasfläschchen gehörten, das unter den Schreibtisch gerollt war. Mühlenkamp hob es auf und erkannte ein bekanntes Herzmittel. Dem ersten Anschein nach, war Lux einem Herzinfarkt erlegen. In der Luft lag ein kaum wahrnehmbarer Geruch nach gebrannten Mandeln und kaltem Zigarettenrauch, so dass Mühlenkamp das untrügliche Gefühl hatte, dass hier kein natürlicher Tod geschehen war. Die Obduktion würde Klarheit verschaffen. Während die Kollegen der Spurensicherung das Büro des Architekten untersuchten, trat Mühlenkamp hinaus in den Flur, um mit den Angestellten zu sprechen.

„Guten Morgen. Mein Name ist Mühlenkamp. Sind Ihre Personalien schon aufgenommen worden?" begann der Kommissar das Gespräch. Ein einheitliches verneinendes Kopfschütteln war die Antwort.

„Gut, dann dürfte ich um Ihre Namen bitten. Weiterhin interessiert mich, in welchem Verhältnis Sie zu dem Toten gestanden haben." Auffordernd nickte er zunächst einem etwa 50-jährigen untersetzten Mann zu, dem Schweißperlen auf der Stirn standen.

„Mein Name ist Eberhard Branko. Ich bin der … äh … das heißt, ich war der Partner von Herrn Lux. Wir haben dieses Büro gemeinsam geleitet. Ich habe ihn heute früh auch gefunden. Einfach schrecklich …"

„Ist Ihnen irgendetwas aufgefallen?"

„Seine Herztabletten – es war bestimmt sein Herz. Vor zwei Jahren hatte er eine Bypass-Operation, die aber leider weniger erfolgreich verlief. Er regte sich immer sehr schnell auf. Dass sein Herz das irgendwann nicht mehr mitmachen würde … Na ja, jetzt ist es passiert."

„Aha. Und Sie sind …?" Mühlenkamps Blick wanderte nun zu einer attraktiven 40-jährigen im schwarzen Hosenanzug und kaltem Blick.

„Michaela Börne. Ich bin die Sekretärin. Ich hatte ihm gestern Abend noch sein Herzmittel in der Apotheke besorgt und es ihm in sein Büro gestellt, dann bin ich nach Hause gegangen."

„Wann genau war das?", wollte der Kommissar wissen.

„Gegen 18.00 Uhr bin ich in die Apotheke hier direkt um die Ecke. Dann habe ich nur noch meinen Arbeitsplatz aufgeräumt und so gegen 18.30 Uhr habe ich dann Feierabend gemacht."

„Und Sie?" Missbilligend musterte er ein etwa 18-jähriges, Kaugummi kauendes Mädchen, das scheinbar völlig teilnahmslos diesem Gespräch beiwohnte.

„Ich bin die Melina Meier und mach' hier mein Praktikum. Is nich besonders toll, aber es wär' ja sowie nächste Woche vorbei. Na ja, jetzt kann der Lux mich wenigstens nich' mehr `rumkommandieren."

„Na, junge Dame, Sie scheinen aber keine gute Meinung von ihrem Chef gehabt zu haben", stellte Mühlenkamp fest.

„Ne, hab' ich auch nich'. Wein' ihm keine Träne nach. War'n Choleriker, der seine Finger nich' bei sich behalten konnte. Hat nich' nur mich, auch die Börne begrapscht."

„Melina!" Frau Börne warf der Praktikantin einen beschwörenden Blick zu.

„Is' doch wahr …", fuhr das Mädchen trotzig fort.

„Stimmt das Frau Börne?" wollte der Kommissar wissen.

„Nun ja, Herr Lux nahm es mit Sitte und Anstand nicht sehr genau", antwortete sie unsicher. Mühlenkamp nickte wissend.

„Ach, eine Frage hätte ich noch. War Herr Lux Raucher?"

„Nein. In diesen Büros ist das Rauchen grundsätzlich verboten. Herr Lux mochte das nicht. Es hätte sich niemand gewagt, hier zu rauchen", beeilte sich die Sekretärin mit der Antwort.

„Gut! Halten Sie sich bitte alle zur Verfügung. Ich werde sicherlich noch die eine oder andere Frage an Sie haben. Ich wünsche Ihnen einen guten Tag." Mit diesen Worten verabschiedete sich Mühlenkamp. Vorerst!

Am nächsten Tag lag bereits der ausführliche Bericht der Gerichtsmedizin und der Spurensicherung auf Mühlenkamps Schreibtisch. Die Kollegen hatten ganze Arbeit geleistet. Während er den Bericht gründlich studierte, stellte er zufrieden fest, dass sein Geruchssinn immer noch einwandfrei funktionierte. Hermann Lux war vergiftet worden. Zyankali. Deshalb hatte er den Geruch von gebrannten Mandeln wahrgenommen. Und der Zigarettenrauch? Hier war weder eine Kippe, noch Asche oder sonstiges, was auf Rauchen in Lux' Büro hinweisen konnte, gefunden worden.

Mühlenkamp sinnierte über die Aussagen der drei Angestellten. Melina Meier kam nicht in Betracht. Dem jungen Mädchen war mit Sicherheit einiges zuzutrauen, aber da ihr Praktikum bereits in der nächsten Woche enden sollte, kam sie als Täterin nicht in Frage. Wie er außerdem erfahren hatte, nahm sie ihre Tätigkeit im Architektenbüro alles andere als ernst, zu oft war sie erst gar nicht dort erschienen.

Eberhard Branko hatte durchaus ein Motiv. War es doch nicht leicht für ihn, die von seinem cholerischen Partner vor den Kopf gestoßenen Kunden zu besänftigen. Jedoch war Hermann Lux ein Genie im fachlichen Sinne gewesen, dem Branko keineswegs das Wasser reichen konnte. Wäre es klug für ihn gewesen, diese Tat zu begehen? Eher nein.

Die Sekretärin, Michaela Börne, hatte ihm zuletzt seine Herztabletten gebracht. Mit ihr wollte Mühlenkamp noch einmal sprechen und machte sich auf den Weg zu ihr.

Michaela Börne bewohnte in einem schicken Viertel der Stadt eine geräumige Zwei-Zimmer-Wohnung. Als Mühlenkamp in die Wohnung trat, bemerkte er auch hier einen kaum wahrnehmbaren Geruch nach Zigarettenrauch. Nach den üblichen Begrüßungsfloskeln kam er direkt zur Sache.

„Sind Sie Raucherin?"

„Ja, leider kann ich es nicht lassen. Warum fragen Sie?" überrascht sah die Sekretärin ihn an. Mühlenkamp merkte, dass sie seine Frage nicht einordnen konnte.

„Reines Interesse. Dürfte ich einmal ihr Bad benutzen?"

„Ja, natürlich, gleich rechts die Tür." Der Kommissar ging ins Bad, schaute sich um, und wurde schon bald fündig. Mit einem Fläschchen Blausäure in der Hand trat er wieder in das Wohnzimmer.

„Frau Börne, hiermit verhafte ich Sie wegen Verdachts des Mordes an Hermann Lux. Sie allein hatten Gelegenheit, ihm das Zyankali zu verabreichen. Sie haben in seinem Büro geraucht, um ihren Chef zu provozieren und als er dann Herzbeschwerden bekam, reichten Sie ihm das tödliche Gift. Er glaubte jedoch, es seien seine Herztabletten. Konnten Sie seine cholerischen Ausbrüche nicht mehr aushalten? Und seine handgreiflichen Attacken? Warum haben Sie nicht einfach gekündigt?"

Michaela Börne antwortete nicht, folgte ihm jedoch wortlos aus der Wohnung.

Noch etwas Weihnachtliches

Besinnliche Weihnachten

„Hast du gesehen, wie schön die Neubauers ihr Haus geschmückt haben? Na ja, es ist ja auch schon der zweite Advent. Nicht jeder hinkt so hinter der Zeit wie wir. Wir haben es gerade mal geschafft, ein paar Kerzen in den Adventskranz zu stecken. Hast du eigentlich jetzt endlich die Außenbeleuchtung gefunden? Ich möchte ja mal zu gerne wissen, wohin du unsere Dekoration immer verbummelst." Eine Serie von verbalen Ohrfeigen prasselte auf ihn nieder. Lore nahm nie ein Blatt vor den Mund. Es war ihr egal, dass er sich auf das Autofahren konzentrieren musste.

„Übrigens sind wir am vierten Advent zu einem Weihnachtskaffee bei den Meiers eingeladen. Wir müssen unbedingt noch Geschenke besorgen. Schließlich will ich nicht mit leeren Händen dort erscheinen. Aber dieses Jahr besorgst du nicht wieder so einen popeligen Weihnachtsstern. Uhh, was habe ich mich geschämt. Du hast aber auch keinerlei Geschick. Schrecklich! Ich hoffe nur, dass du wenigstens dieses Jahr einen anständigen Baum besorgst. Einen, an dem unsere wundervollen Glaskugeln auch halten. Na ja, vorausgesetzt, du findest sie ... Hörst du mir überhaupt zu?"

„Ja, natürlich, Liebes", antwortete Harald resigniert während er verbissen versuchte, sich auf den Straßenverkehr zu konzentrieren. Seit nunmehr dreißig Jahren erduldete er die Tiraden seiner Frau. Dabei wollte er einfach nur seine Ruhe. Nichts sehnte er sich inniger herbei, als weihnachtliche Stille.

„Ich weiß gar nicht, wie ich das alles schaffen soll. Du bist mir ja keine besondere Hilfe. Warst du noch nie. Die Lebensmittel, die wir einfrieren können, kaufen wir am besten schon in der nächsten Woche. Dann haben wir das schon einmal erledigt."

„Was wollen wir denn essen?" Harald fiel es immer schwerer dem Gezeter seiner Frau zu folgen.

„Was wir essen? Was ist das denn für eine Frage? Harald, wie lange feiern wir zusammen das Weihnachtsfest? Was wir essen wollen ...", ärgerlich schüttelte sie den Kopf. „Also wirklich, manchmal frage ich mich, wo du mit deinen Gedanken bist. Übrigens fehlen uns nicht nur für die Meiers Geschenke. Für Tante Traudel, Onkel Josef und Karl-Heinz müssen wir uns auch noch etwas überlegen. Hast du eigentlich einmal nachgefragt, ob sie einen Wunsch haben? Wahrscheinlich nicht. Solltest du aber. Dann kannst du bei der Gelegenheit direkt ein paar unserer Wünsche einfließen lassen. Komm' aber nicht wieder auf die Idee, irgendein dämliches Küchengerät zu erwähnen. Und was zum Anziehen sollte es auch nicht sein. Deine Verwandtschaft hat nämlich überhaupt keinen Geschmack. Wenn ich da nur an diesen grünen Pullover denke. Furchtbar! Aber so um die hundert Euro sollte es schon kosten. Die haben schließlich genug Geld …"

„Ja Liebes. Gleich sind wir zu Hause. Dann können wir eine Liste machen", versuchte Harald einzulenken.

„Das ist wieder typisch. Du und deine Listen. Anstatt Listen zu erstellen, solltest du lieber mal in die Puschen kommen. Ich weiß gar nicht, wie ich es so lange mit dir ausgehalten habe."

‚Ich auch nicht', dachte er, sagte aber nichts.

~~~

Es war der 24. Dezember. Harald hatte natürlich die falschen Geschenke und einen unmöglichen Baum besorgt und damit Lore fast in den Wahnsinn getrieben. Wüste Beschimpfungen und Vorhaltungen hatte er über sich ergehen lassen. Aber es störte ihn nicht. Nicht mehr … Im Gegenteil, den geballten Hass seiner Frau ertrug er mit einem beseelten Lächeln im Gesicht.

„Ich möchte gerne mal wissen, warum du in den letzten Tagen immer so dämlich grinst." Lore beobachtete ihn skeptisch während sie den Truthahn in den Backofen schob.

„Irgendwie bist du anders als sonst. Aber was soll's …", sie zuckte mit den Schultern, „ich habe jetzt wirklich keine Zeit mich auch noch um deine Marotten zu kümmern. Schließlich bleibt ja wieder einmal alles an mir hängen. Du könntest wenigstens schon einmal den Wein aus dem Keller holen. Aber den guten!" Harald tat wie ihm befohlen, jedoch nicht ohne die seit wenigen Wochen gut versteckte Schachtel mitzunehmen …

Das obligatorische Weihnachtsessen schmeckte wieder einmal vorzüglich. Das musste Harald seiner Lore lassen: Kochen konnte sie. Leider würde es das letzte Mal sein, dass Harald solch ein Essen genießen würde.

„Also ich weiß nicht, Harald. Ist das auch wirklich der gute Wein? Irgendwie schmeckt er so bitter." Sie roch an ihrem Glas.

„Ach ja, Liebes? Aber es ist genau die Flasche, die du für das Weihnachtsessen aufgehoben hast."

„Hm, na ja, vielleicht bekomme ich ja eine Erkältung. Das wäre ja auch kein Wunder … So, jetzt kommen wir aber zu dem gemütlichen Teil … Ich werde es mir jetzt in meinem Sessel bequem machen und meinen Wein genießen. Wenn du dann mit dem Abwasch fertig bist, können wir bescheren. Also trödele nicht herum, ich bin schließlich auf meine Geschenke gespannt. Und, Harald, grins' doch nicht die ganze Zeit so blöde …" Mit diesen Worten nahm sie noch einen großen Schluck Wein und machte es sich in ihrem Sessel bequem.

Während Harald den Abwasch erledigte, lauschte er Lores Gemecker. Doch bald schon hatte er den Eindruck, dass ihre Sätze kürzer und ihre Stimme leiser wurde. Und je mehr sich sein Gefühl bestätigte, desto freier konnte er atmen. Er ließ sich extra viel Zeit für den Abwasch, damit er seiner Sache ganz sicher sein konnte. Als schließlich der letzte Teller im Schrank verschwunden war und der Herd blitzte und blinkte ging er zurück ins Wohnzimmer.

Dort saß Lore, die Augen leicht verdreht, Speichel lief aus ihrem rechten Mundwinkel. Sie atmete kaum noch hörbar. Harald setzte sich ihre gegenüber, beobachtete sie und wartete. Nach einiger Zeit war es totenstill. Angestrengt lauschte er. Nein. Nun hatte auch das leiseste Atmen aufgehört.

Harald griff nach seinem Bier und prostete seiner Lore zu. „Besinnliche Weihnachten, Liebes."

Der Weihnachtsjunkie

Um zu wissen, dass die Adventszeit näher rückte, brauchte ich keinen Kalender, keine Sternkonstellation, keine Medien. Ich hatte Micha. Wenn ich an Micha denke, überkommt mich normalerweise eine tiefe Traurigkeit. Ich vermisse ihn. Immer noch. Doch wenn ich Micha mit Weihnachten in Verbindung bringe, bin ich einfach nur erleichtert.

Micha gehörte zu den Menschen, die man im Allgemeinen als Weihnachtsjunkies bezeichnet. Anfang November wurde er zunehmend nervös. Fahrig strich er sich durch sein ohnehin schon struppiges Haar, wenn er unruhig auf seinem Stuhl, seinem Sofa, seinem Sessel umherrutschte. Eine vorweihnachtliche Besinnlichkeit wurde von ihm auf seine ganz eigene Art und Weise interpretiert. Die jährliche Stromabrechnung, die uns in der Regel eine saftige Nachzahlung bescherte, war für ihn der nicht für jedermanns Ohren bestimmte Startschuss. Der Startschuss in den Wettbewerb der Lichter zu treten.

Fünf Jahre ist es nun her und immer noch ist die Advents- und Weihnachtszeit für mich eine Zeit des Schreckens. Michas nervöse Phase hielt bereits seit zwei Wochen an. Täglich stieg er in den Keller, sortierte die säuberlich gepackten und beschrifteten Kartons mit den verschiedensten Weihnachtsdekorationen. Akkurat wurden Pläne erstellt, Lichterketten kontrolliert, defekte

Lämpchen ausgetauscht, wiederum in Listen festgehalten. Die im Sommer neu erstandenen Dekorationsartikel, die in der Garage zwischengelagert wurden, mussten nun in die Pläne integriert werden. Jede freie Minute verbrachte er mit dieser Aufgabe. Ich werde nie seine leuchtenden Augen und freudig erregt geröteten Wangen vergessen. Denn genau das war es, was mich ihm sein verhängnisvolles Hobby Jahr für Jahr verzeihen ließ.

Traditionell am Sonnabend vor dem ersten Advent wurde die Leiter am Haus platziert, der Gartentisch herangerückt und die Pläne mit Steinen beschwert darauf ausgebreitet. Dann konnte es losgehen. Von oben nach unten. Auf dem Dachfirst prangte bald schon der lebensgroße Rudolph aus geschmiedeten Eisen mit einer überdimensional roten Glühbirnen-Nase, dem ein Geschirr aus Ketten angelegt wurde, damit der Schlitten mit dem darin sitzenden detailgetreuen Weihnachtsmann daran befestigt werden konnte. Micha hatte mir einmal voller Stolz erklärt, dass bei diesem Rentierschlitten samt Weihnachtsmann exakt 1678 kleine Lämpchen zum Einsatz kämen. Warum ich mir gerade diese Zahl gemerkt habe, kann ich nicht sagen. Doch der Clou war Rudolphs Nase. Die nämlich war an einen Lautsprecher gekoppelt und jedes Mal, wenn sie rot aufleuchtete, ertönte ein lautes und kraftvolles „HOHOHO", dessen Klang durch die ganze Straße fegte. Micha war keineswegs ein technisch begabter Mensch gewesen und ich frage mich heute noch, wie er diese Konstruktion zustande brachte. Ich kann mich lediglich daran erinnern, dass er über Wochen an dieser Idee tüftelte.

Auf der Regenrinne wurden Sternenlichter befestigt, die Fenster mit Lichterketten umrandet und auf jeder Fensterbank Schwibbögen arrangiert. Danach widmete sich Micha dem Garten.

Hier tummelten sich nach einigen Stunden Weihnachtselfen, Rentiere, Schneemänner, die Tannen wurden zu Christbäumen – mit Kugeln und Lametta für den Außenbereich – und die Hecke erstrahlte im Lichtermeer. Der Weg bis zur Haustür wurde kontrastreich mit roten Sternchen beleuchtet, um am Ende des Weges auf die äußerst hässliche Mutter der Kleinen – einen riesigen abwechselnd rot, blau und grün leuchtenden Stern – zu stoßen, der sich trotzig an der Haustür festklammerte.

Micha war fast zufrieden. Jetzt fehlten nur noch ein paar Kleinigkeiten, wie Mistelzweige und Schnee. Mistelzweige hatte er bereits kartonweise auf dem Wochenmarkt besorgt und für den fehlenden Schnee hatte er ein Jahr zuvor eine Schneemaschine bei eBay ersteigert. Doch bevor er sich an die Restarbeiten machte, musste ein Probeleuchten und – nicht zu vergessen – auch ein Probe-HOHOHO des auf dem Dach befindlichen Rudolph durchgeführt werden. Der große Moment stand bevor. Micha führte den Stecker an die Steckdose, zögerte einen kleinen Moment und dann erstrahlte unser Haus, Rudolph ließ sein HOHOHO erklingen und die Weihnachtselfen im Garten winkten freundlich dazu.

Michas Augen glänzten vor Glück und er konnte nicht mehr aufhören zu grinsen.

„Ist es nicht toll?" rief er begeistert. Eine Antwort erwartete er nicht wirklich. Beseelt machte er sich an die Restarbeiten, die – wie ich aus Erfahrung wusste – noch bis spät in die Nacht andauern würden. Ich kümmerte mich nicht weiter darum. Sollte er doch seinen Spaß haben. Ich wollte nur ins Bett.

Geraume Zeit später – ich hatte mich bereits ins Schlafzimmer zurückgezogen und es mir dort mit einem spannenden Buch gemütlich gemacht – hörte ich noch einmal Rudolphs HOHOHO, danach ein dumpfes Plopp, ein Knacken und ein Ächzen und dann war Stille. Jetzt wird er gleich fertig sein, dachte ich mir, kuschelte mich in meine Decke, löschte das Licht und schlief alsbald ein.

Als ich am nächsten Morgen aufwachte, war Michas Bett neben mir unberührt. Doch wirklich beunruhigt war ich nicht ... Schließlich hatte ich den ewigen Lichtermarathon bereits seit einigen Jahren mitgemacht, so dass ich wusste, dass kleine Lampen in Weihnachtsbeleuchtungen gerne schnell das Zeitliche segneten und natürlich sofort ausgetauscht werden mussten. Vielleicht hatte die

Schneemaschine auch nicht genügend Schnee produziert oder aber Rudolphs Nase leuchtete nicht im Einklang mit dem HOHOHO des Weihnachtsmanns. Für Micha gab es viele Gründe, die Nacht lieber mit seiner Dekoration als mit seiner Frau zu verbringen. Schließlich musste gerade am ersten Advent alles perfekt sein.

Ich schlurfte in die Küche, kochte Kaffee und deckte den Frühstückstisch. Nachdem ich schließlich geduscht und angezogen war, machte ich mich auf die Suche nach Micha. Als ich die Haustür öffnete, stand ich vor einem riesigen Kunstschneeberg, auf dem gekonnt die Weihnachtselfen Schlitten fuhren. Die schmiedeeisernen Rentiere gruben ihre Nasen in den Kunstschnee, gerade so, als ob sie verbergen wollten, dass sie nicht Rudolph waren und keine leuchtendroten Nasen hatten. Doch wo war Micha?

Vorsichtig trat ich aus der Haustür und lugte um die Ecke. Dann sah ich ihn. Der Schreck fuhr mir durch alle Glieder. Anscheinend war doch irgendein Kabel, ein Gerät, ein elektrisches Deko-Teil defekt gewesen. Mir wurde flau als ich mich an dieses Plopp, dieses Knacken und Ächzen am Abend zuvor erinnerte. Micha lag merkwürdig verdreht über der Leiter. Seine rechte Hand umklammerte eine Lichterkette im Tannenbaum, die linke umfasste das Kabel der Schneemaschine.

Es war zu spät für den Notarzt. Zu spät für Micha. Aber zumindest hatte das Probeleuchten funktioniert.

Danksagung

Ich möchte mich bei meiner Familie bedanken, die immer an mich glaubt und mich motiviert, weiter zu schreiben; bei meiner Schwester Helga, weil sie mir alles zutraut und meinen Eltern Helga und Heinz, weil sie so große Träume träumen.

Mein ganz besonderer Dank gilt meiner Freundin Stephanie Embke für ihre begeisterte Unterstützung, ihre Hartnäckigkeit und ihr großes Engagement bei der Vermarktung dieses Buches und Yvonne Fister, für ihre tatkräftige Unterstützung beim Layout und bei allen technischen Belangen.

Ich danke Anita Eickelmann für ihre Begeisterung und das Schmieden von schriftstellerischen Zukunftsplänen. Stefan Schmiedel für inspirierende Vorschläge und literarische Anregungen sowie allen Freunden, für den kontinuierlichen Zuspruch, ohne den ich dieses Projekt nie in Angriff genommen hätte.

Und ich danke meinem Mann Andreas für seine offene Kritik, seine Überzeugung und seine bedingungslose Liebe.